여기까지 오느라

고생 많았다

유용주 산문집

여기까지 오느라
고생 많았다

유용주 산문집

　서산에서 보낸 시간은 개와 함께 뒹군 세월이었다. 아카시아 샘 앞에 살 때는 우리 집만 빼놓고 세 집이 개를 키웠다. 집 경계가 1미터가 조금 넘은 윗집은 개를 네 마리나 키우면서 하루 종일 집을 비웠다. 개 소리 때문에 항의하는 내게 주인은, 그러면 새 소리는 어떻게 참느냐고 수모를 줬다. 다시 한 번 개 짖는 소리가 나면 사람이 멍멍이가 될 터이니 그리 알라는 말에, 아랫집 남자는 개는 짖는 것으로 존재 증명을 한다는 철학적인 대답을 하며 모욕을 안겼다. 사는 게 치욕이다. 그나마 앞집은 보듬고 살았다.

　처음으로 간 창작실에서는 기타 치는 소리, 노랫소리, 하품하는 소리, 코 고는 소리, 방귀 뀌는 소리, 커피 끓이는 소리, 변기 내리는 소리 때문에 다툰다. 그 꼴 보기 싫어 고향으로 돌아왔다. 여우 피하려다 늑대 만난 격이랄까, 바로 밑 육촌 형은 저온 창고를 운영하고 있었다. 팬 돌아가는 소리가 장난이 아니다. 그림 같은 시골 풍경을 떠올린 손님들이 깜작 놀랄 정도다. 나는 옹벽을 높이 쌓았다. 한여름만 빼놓고는 방 문을 닫았다. 비로소 살 만하다. 대중교통을 이용할 때면 기관실에서 사용하는 귀마개를 이용한다. 조용한 곳에서 인생을 마무리하고 싶었다. 온몸으로, 깊숙이 삶을 들여다보고 싶었다. 강물이 흐르고 눈이 내렸다. 바람이 불고 나뭇잎이 떨어졌다. 모든 관계는 소음을 동반한다. 죽음 이외에 소음을 완벽하게 차단할 수 있는 방법은 없다. 저승사자가 불러 나갔다 오는 사이, 원래 갈고닦았던 빛나는 문장을 많이 잃어버렸다.

40년 만에 돌아왔다. 뼈를 묻으러 왔다. 그동안에 산이 좋아 흙 속으로 먼저 들어간 사람들은 부모님 연배들이고, 살아 있는 노인들은 후배들이다. 코흘리개가 반백이 되어 돌아왔지만, 고향은 따뜻하게 품어주었다. 물론 텃세도 있다. 그러나 그것을 껴안고 사는 일이 작가의 운명 아닌가.

2018 가을
장수 다리골에서 유용주

차례

1부

첫사랑

첫사랑

40년 만에 선이를 만났다. 가슴이 쿵쾅거리고 설렐 줄 알았는데 담담했다. 장례식장은 한낮이라 붐비지 않았다. 서둘러 분향을 하고 조의금 봉투를 넣고 자리에 앉았지만, 선이 얼굴은 보이지 않았다. 대신 선이 언니와 오빠가 반갑게 맞이해주었다. 수는 재빨리 상복을 입은 여자들을 살폈다. 얼마나 오래 기다렸는데, 끝내 나타나지 않았다. 조심스레 소식을 물어봤더니 목사님과 결혼해 예배 끝나고 올라오는 중이란다. 일요일이었군. 봉김이 누나, 애자 누나와 옛날 얘기하다가 슬슬 물러나왔다. 삼단 같은 머리를 땋고 밭매고 길쌈하던 누나들이 환갑을 훨씬 넘긴 할머니가 되었다. 선이 어머니는 중풍으로 쓰러져 오래 고생하다 돌아가셨다.

이튿날 망자가 묻힐 뒷산까지 걸어갔다. 차고 맑은 날씨였다. 앞산이 훤히 내다보이는 안온한 곳에 유택 작업하느라 장비가 들어와 있었다. 하늘은 구름 한 점 없었다. 봄은 올 것인가, 선이는 올 것인가. 매서운 바람에 맑은 콧물이 나왔다. 드디어 운구차가 도착하고 가족과 친지들이 내렸다. 아아, 그래, 선이다. 기집애, 하나도 변하지 않았구나. 검은 예복이라 더 도드라지는 하얀 얼굴, 생머리……. 슬픔보다 더 진한 하늘이 잠깐 멈춰 서는 듯했다.

누가 뭐래도 수에게는 선이가 첫사랑이었다. 초등학교 4학년 때 첫 연애편지를 썼다. 선이는 다리골에서 최고 부잣집 딸이었다. 여자애들 중에 공부도 세일 잘했고, 뽀얗고 예뻤다. 수는 동네에서 가장 가난한 집 아이였다. 움막보다 더 낮은 토굴에서 초롱불 켜놓고 편지를 썼다. 작은형이 도시에서 구해 온 『연애편지 백과사전』을 그대로 베꼈다. '그대'나 '당신' 자리에 선이를 대신 넣었다. 기를 쓰고 딴 구슬이나 딱지를 뇌물로 주고 배달을 시킨 건이가 배달 사고를 쳤다. 작은형 동창인 택이 형에게 발각된 것이다. 다섯 살이나 많은 택이 형은 코밑에 수염이 새까만 청년이었다.

호출 명령이 떨어졌다. 위뜸 옆 묏동으로 나오라는 것이다. 막 모내기가 끝난 한수네 논에서 개구리가 마구 울어대던 밤이었다. 짝 찾는 논개구리 떼였다. "이 대가리에 피도 안 마른 새끼가!" 뺨에서 불이 번쩍 일었다. 장마철 번개가 내리꽂혔다. 쌍코피가 줄줄 흘렀다. 무릎이 저절로 꺾였다. "다시 한번 더 연애질하면 다리 몽뎅이를 분질러 버린다." 묏동의 잔디에선 선이의 체취인 듯 풀 냄새가 올라왔다. 누군가, 무엇을 사랑하려면 이만큼의 대가를 치러야 하는구나. 뒤늦게 눈물이 찔끔 나왔다.

반백의 수와 딸 둘을 둔 선이가 손을 잡았다. 너무나 짧은 시간이라 꿈을 꾸는 듯했다. 첫사랑이니 연애편지는 입도 벙긋 못했다. 간단한 추도예배가 끝나고 선이 엄마는 한 줌 흙으로 돌아갔다. 40년을 기다려 만났는데, 채 두 시간을 못 보고 선이는 내려갔다. 언제 또 만날지 기약도 없는 이별이었다. 차 타고 떠나는 선이를 수는 일부러 보지 않았다. 낙엽송과 상수리나무가 꽉 찬 산 뒤쪽 하늘만 바라보았다. 그래, 어디 있든 잘 살아라. 그 모진 세월을 보내고 얼굴이라도 한번 봤으니 이것도 괜찮은 인생이다.

수는 가장 먼저 산소 자리에 와서 가장 늦게 혼자 걸어 내려왔다. 가장 먼저 도착해서 가장 늦게까지 기다리는 것, 그것이 선이에게 바칠 수 있는 유일한 마음이었다. 너무 맑고 차서 기침이라도 나올 것 같은 하늘 아래 수는 터벅터벅 걸었다. 봄이, 저만치서 손짓하고 있었다.

단 하루도 고향을 잊은 적 없다

사과꽃 피어나는 올봄, 40년 만에 고향으로 돌아왔다. 내 고향은 호남의 알프스라 불리는 전라북도 장수 땅이다. 금강 물길이 처음으로 열리는 뜬봉샘 아래 수분국민학교를 졸업했다. 신무산 기슭에서 발원하는 금강은 동으로 1,200고지가 넘는 장안산, 서쪽으로 1,100미터가 넘는 팔공산을 양 겨드랑이에 끼고 북쪽으로 흐른다. 해발 1,500미터가 넘는 남덕유산은 물뿌랭이가 얼마나 장대한지 하느님이 잠든 모습처럼 거대하고도 깊다. 향적봉은 1,614미터나 된다. 이름하여, 무진장이다.

이렇게 산이 높고 골이 깊은 곳이면 예로부터 큰 인

물들이 많이 나타난다. 장수 황 씨의 시조 방촌 황희 정승, 진주에서 왜장을 껴안고 투신한 의암 주논개, 국어학자 정인승, 독립선언서에 서명한 민족대표 33인 중 한 사람인 백용성 조사, 멕시코 칸쿤에서 세계화와 자유무역 체제를 반대하면서 자결을 한 이경해 열사를 비롯하여, 수많은 시인 묵객을 배출했다.

또한 볼거리와 먹을거리도 풍부한 곳이다. 논개 사당과 논개 생가터 옆 주촌 마을, 지지계곡, 방화동 가족 휴양촌, 토옥동 계곡, 와룡산 휴양림, 장안산 억새밭, 봉화산 철쭉, 덕산 용소 등은 사계절 빼어난 명승지이며 장수 한우, 꺼먹돼지, 오미자, 사과, 토마토 등은 전국에서 으뜸가는 먹을거리이다. 나는 대도시 백화점 식품 코너에서 비싸게 팔리고 있는 내 고향 먹을거리들을 보면서 마치 내가 생산한 것처럼 행복했다. 한 발 더 나가 우쭐한 마음에 들떠 주위 사람들에게 마구마구 자랑을 해댄다. 버캐가 튀는 줄도 모르고 큰 목소리를 낸다.

여러분들은 여름날 갑작스러운 소나기 때 하늘에서 우박처럼 쏟아지는 물고기를 보았는가. 장산 날맹이(산봉 우리)에서 시퍼렇게 불을 켜고 단자(잔치 음식 또는 제사 음식을 얻어먹는 것) 다녀오는 우리들 오줌을 지리게 했던 호랭이를 보았는가. 수룡골 뒷산에서 날아가는 거대한 산갈치를 보았는가. 귀가 동그랗게 달린 청사, 홍사, 백사를 보았는가. 아이들 간만 쏙 빼먹고 엎어놓는다는 단부(단비) 떼를 보았는가. 사태모랭이 뫼뿔 앞에서 우뚝 서 있는 흑곰을 보았는가. 계단식 논 가운데서 잠자다 놀라 달아나던 노루를 보았는가. 감자, 고구마, 옥수수 밭을 다 망쳐놓은 멧돼지를 본 적 있는가. 유릿가루처럼 뿌려놓은 밤하늘에 뭉게구름 조각처럼 파랗게 떠나가는 이웃 할머니 혼불을 보았는가.

나는 보았다. 내 친구들은 보았다. 친구들은 꽃뱀이나 살모사쯤은 목걸이처럼 주렁주렁 달고 다녔다. 개울에서 가재나 중태기(중고기), 땡살이(자가사리), 쏘가리, 뱀장어 정도는 맨손으로 잡았다. 틈만 나면 논과 밭두렁, 들과 산과 강으로 나가 수렵과 채취를 했다. 나는 지금도 육고기를 잘 못 먹는다. 나물과 채소와 국수와 보리밥을 좋아한다.

40년 동안 세상 밑바닥을 살아오는 동안 단 하루도 고향을 잊은 적 없다. 내 모든 작품은 장수에서 나왔다. 내 모든 희로애락 오욕칠정은 모두 고향 땅에서 나왔다.

40년 만에 왔지만, 고향을 지키는 친구들은 어제 만난 것처럼 반겨주었다. 이제 죽어도 나가지 않으리라, 혼백으로라도 장수에 남아 있으리라. 유월 햇살은 적나라하다. 저 햇살에 찔려 푸른 피를 왈칵 쏟으면서 익어갈 것이다. 물방앗간 뒷전에서 맺은 첫사랑은 떠나갔지만…….

정육점 여자

봄꽃이 다 졌다.

낙민이는 한숨이 절로 나왔다. 폭죽처럼 피어났던 봄꽃이 비바람 한번 지나가자 황산벌 전투의 계백 결사대처럼 처참했다. 바다 안개가 스멀스멀 피어오르자 연둣빛 새싹이 돋아나오기 시작했다. 낙민에게도 연둣빛 마음이 있었다. 그러나 봄 햇살이 퍼지면 안개가 사라지듯 그 사람은 떠났다. 꽃마차 딸랑대는 역마차 타고 떠났다.

재 너머에서 돼지를 치던 영길이는 낙민이보다 세 살 위였다. 오십대 중반, 머리가 적당히 벗어지고 살집이 좋은 영길이는 태생이 도시내기였다. 한때는 잘나가는 집안 덕분에 명문학교를 졸업하고 패션디자이너인 아내와 결혼하여 떵떵거리고 살았다. 명동과 종로 한복판에 무슨 양장점을 내고 보문동에 정원이 딸린 한옥을 거느리고 살았다. 맞춤옷이 유행할 때였다. 아내는 고위직 사모님들의 패션 유행에 민감하게 반응하여 정신없이 바빴다. 영길이는 도어맨을 자청하여 가게에는 아침과 저녁에만 얼굴을 내보이고 낮에는 천하의 바람둥이로 살았다.

화무십일홍이고 달도 차면 기우는 법이다. 잘나가던 아내의 사업은 1980년대를 넘어서면서 끝이 났다. 기성복이 쏟아져 나오고 동대문과 남대문에 패션타운이 생기면서 내리막길이었다. 끝도 없을 것 같은 영길이의 여자 편력도 막을 내렸다. 불행은 홀로 오지 않는다고 했다. 아내는 별거를 원했다. 반 서시가 되어 전국을 떠돌다가 먼 친척이 사는 남도의 바닷가로 내려왔다. 돼지치기는 처음이었다. 큰 병 없이 뭐든지 잘 먹는 돼지를 선택했다. 때마침 학교 후배가 해안부대 대대장이어서 잔반은 착실히 받을 수 있었다.

아무려나, 혼자 사는 영길이는 심심하면 재를 넘어

낙민이에게 놀러 왔다. 시골 인심이 그렇듯 낙민 아내는 밤중에도 술상을 봐 왔다. 영길이는 타고난 넉살으로 미안해하는 마음도 없었다. 클레오파트라와 서시와 황진이가 울고 가는 여성 편력사史를 얘기할 때면 저도 모르게 낙민이 마음이 벌렁벌렁했다.

"어이, 아우. 내일 나랑 읍내 한번 나가 볼텨?"

"뭔 일 있간."

"하여튼 나만 따라와 봐."

밀가루 반죽처럼 허여멀건한 영길이는 눈을 가늘게 뜨고 웃었다. 그렇게 따라간 곳이 읍내 장안정육점이었다. 그 흔한 다방도 아니고 호프집도 아니고 정육점이었다. 낙민이 눈이 화등잔만 해졌다. 정육점에는 꿈속에서나 한번 나올까 말까 한 절세의 미녀가 고기를 팔고 있었다. 갓 썰어 나오는 쇠고기 빛깔보다 붉은 입술, 육회 위에 얹혀 나오는 배처럼 흰 치아. 저, 삼천대천세계를 모두 빨아들이고도 남을 것 같은 서늘한 눈빛. 그러고보니 장날이 아니었는데도 시골 중늙은이들이 고기 한 근을 사고 내내 좁은 나무 의자에서 군내버스를 기다리고 있었다. 낙민이도 틈만 나면 정육점에 들렀다. 뻘 넓은 해안가에서 낙민네 식구들은 때아닌 고기로 포식을 했다. 언제나 두려운 것은 약간 모자란 듯한, 말수 없는 정육점 남편이었다. 남편보다, 나란히 꽂혀 있는 각종 칼이었다. 칼과 술과 여자는 똑같은 것 아닌가. 저 세 부처님의 공통점은 열반을 불러온다는 점이다. 정육점과 볼품없는 남자와 읍내를 압도하는 미녀는 불안했다. 육감은 맞아떨어졌다. 어느 날 정육점 여자는 안개처럼 사라졌다. 재 너머 영길이도 바람처럼 사라졌다.

하룻밤 풋사랑

자정이 가까운 용산역 광장에는 차가운 바람이 불었다. 두툼한 점퍼를 입은 아줌마들이 절절 끓는 방을 광고하면서 쉬었다가 가라고 유혹했다. 철이는 한숨을 쉬며 하늘을 올려다보았다. 흐린 하늘에서는 금방이라도 눈이 내릴 것 같았다. 23시 5분 여수행 완행열차를 타야만 하는 신세였다. 어렵사리 야간고등학교를 졸업했지만 얼마 전 치른 예비고사 점수는 서울 커트라인에도 못 미쳤다. 고향에서 농사를 지으며 겨우 입에 풀칠하는 부모님 얼굴을 떠올리자 참을 수 없이 한기가 올라왔다. 건너편 골목길 포장마차에는 김이 무럭무럭 나는 음식들이 꼬인 창자를 눌어붙게 했다.

　이제 별 볼 일 없이 군대에 끌려가 박박 기는 청춘이
겠구나 하며 망연하게 앉아 있는데, 건너편에서 우는 소
리가 들렸다. 흐린 망막을 걷어내고 초점을 모았더니 웬
여자 둘이 손을 붙잡고 울고 있었다. 나이는 이십대 초중
반, 옷차림도 그저 평범한 처녀들이었다. 왜 그럴까? 물어
볼 수도 없고, 세상에는 철이만큼이나 막막한 인생들이
또 있나보다 했다. 안내방송이 들리고 광장에 여기저기
흩어져 있던 사람들이 뛰기 시작했다. 철이도 가방을 둘
러멨다. 막 돌아서서 뛰려 하는데 소리가 들렸다. "저, 아저
씨."

　"죄송하지만 짐 좀 들어주시면 안 될까요?"

　"아, 예, 그럽시다." 처녀들은 짐이 많았다. 들고 메고
이고 냅다 뛰었다. 전라선 완행열차는 밤새워 달리는데 자
칫 자리를 못 잡으면 통로나 화장실 앞에서 막대기 잠을
잘 수밖에 없다. 배고프고 추운 인생들에게 열차 안은 그
나마 천국이다. 철이는 아가씨들이 따라오거나 말거나 열
차 창문을 열고 짐부터 던져 넣었다. 짐 보퉁이는 열 개가

넘었다. 전쟁하듯 사람들을 밀치고 자리를 잡아 선반에 짐을 정리하고 숨을 골랐다. 경적이 길게 울렸다. 철커덩, 열차가 움직이자 또 한 번 서러운 울음소리가 들렸다. 한 사람은 바깥에서 또 한 사람은 열차 안에서 손을 놓지 못하고 울고 있었다. "어떤 사인가요?"

"아, 예, 제 동생이에요." 열차가 한강 다리를 넘자 빠알간 눈자위와 코를 닦는 처녀가 손수건을 접으면서 말했다. 순하고 맑은 얼굴이었다.

사연은 이랬다. 저 남도의 시골 마을에서 자란 자매는 두 살 터울이라는 것, 가난한 살림에 국민학교 졸업하고 바로 상경하여 동대문시장에서 시다 생활을 했다는 것, 온갖 어려움을 겪고 미싱사가 되었는데 고향에서 시집가라는 부모님 성화에 맞선을 보고 곧 결혼하게 되었다는 것, 저 보퉁이에는 다가오는 토요일 결혼하고 신혼살림에 쓸 예물이 들어 있다는 것, 동생을 혼자 놓고 떠나려니 발걸음이 떨어지지 않는다는 것.

철이는 슬픔에 잠긴 처녀를 위로해 주고 싶었다. 그동안 친구들에게 주워들은 온갖 웃긴 얘기를 들려주었다.

어깨너머로 배운 팝송을 불러주었다. 서울 소재 일류 대학에 다닌다고 거짓말을 했다. 겨울방학 동안 고시 공부를 하다 시골집에 다니러 간다고 속였다.

예비신부는 눈을 반짝이며 웃었다. 야간열차는 술주정과 코골이 속에서도 천천히 달려갔다. 열차가 천안을 지나고 서대전을 지날 때쯤 둘은 손을 잡았다. 나이와 신분을 속인 철이는 죄책감을 느낄 겨를이 없었다. 그저 이 밤이 새지 않기를 간절히 바랐다. 기차가 영원히 멈추지 않기를 바랐다.

논산을 지나자 검표가 시작되었다. 철이는 남원, 예비신부는 장성이었다. 목적지가 달랐다. 서럽게 울던 아가씨가 전라선 열차를 호남선으로 잘못 알고 탄 거였다. 철이는 끝까지 여자를 지켜주고 싶었다. 여자의 이름은 영이였다.

익산역에서 같이 내렸다. 서울에서 내려오는 호남선 열차는 한 시간 정도 기다리면 탈 수 있었다. 추운 새벽 거리를 손잡고 걷던 철이와 영이는 끝내 입술까지 포개고 말았다. 영이의 입술에서는 산더덕 냄새가 났다. 마른

건초 냄새가 났다. 철이는 네 살이나 더 먹은 영이에 비해서 여자 경험이 없었다. 혀를 어떻게 하는지도 몰랐다. 이가 턱턱 걸렸다. 영이의 몸속에서 수분이 다 빠져나올 때까지 철이는 붙어 있었다. 죽을 때까지라도 이 상황을 놓고 싶지가 않았다. 그러나 야속하게도 호남선 열차는 익산역에 닿았다. 철이는 뒷생각하지 않고 영이와 함께 열차에 올랐다. 장성역에 닿았을 때는 날이 훤히 샜다. 속이 타고 입술이 부르터서 피가 났다. 차마 놓지 못할 손을 놓고 영이는 장성역을 빠져나갔다. 작은 역 광장에 혼자 남은 철이는 진한 눈물을 흘렸다. 후생이라는 게 있다면 반드시 영이를 만나 결혼하고 싶었다. 인연은 늘 그렇듯 우연한 만남에서 시작되어 서글프게 끝을 맺는다.

금지된 사랑

    석이는 순이 손을 꼭 잡았다. 눈은 쉬지 않고 내렸다. 석이는 몇 달 전부터 준비했다. 여러 벌의 옷과 솜을 두툼히 넣은 덧버선, 주먹밥과 미숫가루, 장판 밑에 꼭꼭 숨겨둔 노잣돈. 마침내 그날 새벽이 밝아왔다. 뿌연 눈보라 속에서 동네는 쥐 죽은 듯 고요했다. 밥을 줄 때마다 컹컹 짖어대던 왈왈이도 깊은 잠에 빠져들었다. 싸리재를 넘었다. 비행기재를 넘었다. 모래재를 넘으면서 주먹밥을 나눠 먹었다. 바위 밑이나 빈집 헛간에서 새우잠을 잤다. 삭정이를 긁어모아 불을 지피고 젖은 신발과 옷을 말렸다. 되도록 동네에서 멀리 떠나야만 했다. 천리만리나 도망가야 했

27

다. 동네 사람들을 만나면 그 즉시 덕석말이 당할 처지였다. 죽음보다 더 지독한 정이었다. 사랑이었다.

　석이와 순이는 어릴 때부터 한동네에서 자랐다. 갈봄 여름 없이 나물 캐고 모내기하고 풀을 매고 꼴을 베고 나무를 해 날랐다. 두 살 아래 순이는 삼촌의 딸이었다. 시골 태생이라 약간 검은 피부였지만, 탱탱한 구릿빛 살결이 오히려 석이 마음을 쿵쿵거리게 했다. 산뽕을 따러 갈 때도 깊은 골 넘어 나무를 하러 갈 때도 순이는 올망졸망 석이를 따라다녔다. 산짐승이 시도 때도 없이 출몰하는 깊은 산골이어서 더 그랬는지 모른다. 둘 다 의무교육만 마치고 집안일에 매달렸다. 가난한 살림에 상급학교 진학은 꿈도 못 꿨다.

　석이가 열다섯 살, 순이가 열세 살 나던 해, 읍내 단오잔치 구경 갔다가 돌아오는 길이었다. 옛날 주막에서 비를 피하다가 사달이 났다. 순이의 입술에서는 진달래 냄새가 났다. 칡꽃 냄새가 났다. 햇더덕 냄새가 났다. 5월 숲속 비 맞은 이끼 냄새가 났다. 그날 뒤부터는 낮이나 밤이나 붙어 있고 싶었다. 제일 무서운 게 동네 사람이었고, 더 무서운 게 아버지와 어머니, 삼촌과 숙모의 얼굴을 볼 때였다.

지난 5년간, 석이는 구장네 집에서 착실히 머슴살이 했다. 상머슴은 못 됐지만, 새경을 받으면 꼭꼭 여퉈 숨겨 뒀다. 순이와 함께라면 무서울 게 없었다.

일주일을 넘게 걸었다. 주먹밥과 미숫가루가 떨어질 때쯤, 도 경계를 서너 번 넘어 해발 1,000미터 가까운 화전 민촌에 숨어들었다. 빈집을 구해 들어간 석이와 순이는 얼음을 녹여 밥을 했다. 긴 겨울이 끝나고 봄이 오자마자 몸안 아끼고 일을 했다. 밭을 일구고 나무를 해다 팔았다. 나물밥과 된장국만으로도 좋았다. 닭을 키워 염소를 사고 염소를 팔아 돼지를 사고 돼지를 팔아 소를 키웠다. 소가 팔리자 밭과 천수답을 사들였다.

차츰 살림이 펴시자 이웃집 노인을 찾았다. 귀한 쇠고기를 몇 근 끊고 술도 준비했다. 무조건 큰절을 하고 눈물로 하소연했다. 홀로 된 노인에게 순이를 수양딸 삼아달 라고 애원했다. 그래야만 함께 살 수 있었다.

순이가 노인의 호적에 오른 날, 둘은 찬물 떠놓고 결혼을 했다. 이제 누구도 석이와 순이를 가로막을 수 없었다. 봄비, 여름 안개, 가을 무서리, 겨울 눈보라에 반세기가 흘러갔다. 석이와 순이 얼굴에도 떡갈나무 껍질처럼 주름이 잡혔다.

환갑을 넘긴 나이가 되어서도 석이와 순이는 꼭꼭 붙어 다닌다. 사이좋게 아들 셋, 딸 셋을 낳았다. 신기하게도 아들들은 순이를, 딸들은 석이를 닮았다. 석이는 숨이 넘어갈 그 순간에도 발설할 생각이 없다. 사실, 너희 아빠와 엄마는 사촌이었다는 사실을.

준이의 보물

준이는 꾀복쟁이 친구다. 키가 훤칠하고 입이 크고 눈이 째졌으며 코는 길게 늘어졌다. 볼과 이마에는 굵은 주름이 있어 빠진 이를 드러내며 크게 웃으면 어린아이들이 지레 겁먹고 울음보를 터트리기도 한다. 한마디로 팔성사(전북 장수에 있는 사찰) 입구의 사천왕처럼 생겼다고 봐도 크게 어긋나지 않을 관상이다.

사방이 거악들로 둘러싸인 장수에서 태어난 준이는 어렸을 때 큰 사고를 당했다. 오른쪽 발이 버스 뒷바퀴에 치여 뒤틀렸다.

그래도 껑충거리며 운동회에 참석했으며 학교도 빠

지지 않고 잘 졸업했다. 때마침 이농 현상과 산업화 바람이 불어 준이는 의무교육만 마치고 서울로 올라갔다.

그 뒤는 그야말로 풍찬노숙. 사람이 해서는 안 될 일은 안 해봤지만, 사람의 탈을 쓰고 할 수 있는 일이라면 무엇이든 할 수밖에 없었다. 신문 배달, 껌팔이, 막노동, 구두닦이, 식당 보이, 피 팔기까지 세상 가장 밑바닥을 온몸으로 체험했다.

준이에게 대도시는 냉혹했다. 누구보다 열심히 뛰었지만 성하지 못한 몸으로 견디기에는 무리였다.

결국 영양 결핍과 알코올 중독을 등에 지고 고향 땅으로 내려왔다. 가난했지만 부모 형제 친구가 있는 고향은 그런대로 살맛이 났다. 이런저런 봇짐장수를 거쳐 나이 오십대 중반에 자활센터에서 고물팀장으로 열심히 뛰고 있다. 남이 버린 고물이 준이에게는 보물이 된 셈이다.

그리고 밥보다 더 좋아하던 술을 끊었다. 세계 7대 불가사의보다 더 기록적인 사건이었다. 해답은 바로 장가에 있었다. 사십대 중반에 이십대 초반의 베트남 신부를 맞이하는 날, 준이의 큰 입은 귀를 지나 뒤꼭지에 닿아 있었다.

우리 동창들은 축하해주면서도 내심 부러운 표정을 감출 수 없었다. 이미 결혼 생활 20년이 넘어 아내가 빚보증 선 처사촌보다도 덤덤하게 보일 나이였으니, 침을 꼴깍 넘기는 친구도 있었다. 역시 인생은 살 만한 것이었다.

한데 늦복이 터져 로또 대박이 터졌다. 술도 끊고 착실하게 돈 모으며 살아가는 줄 알았던 준이가 한 삼사 년 연락을 안 하더니, 어느 날 느닷없이 청첩장을 보냈다. 그사이 경제 문제와 문화 차이로 다투다가 첫째 부인과 헤어지고 둘째 부인을 맞이한다는 소식이었다.

이런 제길! 남들은 한 번도 제대로 못 하는 결혼을 두 번씩이나 하다니! 그것도 스물다섯 살 꽃다운 신부와……. 친구 중에는 자녀를 결혼시켜 할베 할매가 된 이들도 있었다. 아무리 지자체가 지원한다 해도 이건 무슨 비밀스러운 무기가 있지 않을까. 오래전부터 각방을 쓰는 친구들은 그저 담배를 빼어 물고 헛기침만 해댔다.

그러거나 말거나 준이는 1톤 트럭을 몰고 장수 구석구석을 청소하고 다닌다. 청정구역 장수를 위해 무한봉사를 하고 있다.

요즘도 군청 앞이나 김밥집 근처에서 준이를 자주 만난다. 비가 온 뒤에 날씨가 쌀쌀해져 물었다.

"준아, 타작은 했냐?"

"얌마, 타작한 지가 언젠디. 방아까지 찧어다 났다."

부럽다. 아무리 생각해도 준이는 늦장가에 깨소금이 쏟아지는가보다. 세상의 밑바닥을 온몸으로 체험한 준이에게 가장 큰 보물은 돈도 명예도 권력도 아니었다. 뒤늦게 얻은 예쁜 공주님 둘이 세상 무엇과도 바꿀수 없는 가장 소중한 보물이었다.

연장론

10월로 접어드니 날씨가 서늘해졌다. 아침저녁 기온이 계속 내려간다. 춥다. 아랫집 육촌 형님은 서둘러 연탄보일러를 가동하고 겨울옷을 꺼내 입었다. 운동 삼아 읍내 체육관까지 10킬로미터 남짓 거리를 매일 걷는데, 손이시릴 정도다.

사과는 끝물이 더욱 붉고 달다. 오미자는 수확이 한창이다. 숭늉 냄새 가득한 논에 벼들은 군데군데 바심을 한 곳도 있다. 바야흐로 가을이 깊어간다. 달맞이꽃과 코스모스가 수더분하다. 40여 년 전 누나 친구들처럼 맑고 깨끗하다. 화장하지 않고 분칠하지 않은 민얼굴의 손톱달이 새벽길을 비춘다. 벌레들의 잔치다. 별들의 잔치다. 늦반딧불이는 별이 부화한 치어 새끼들이다. 계곡과 감나무 사이를 비행하다 우리 집까지 들어와 안부를 묻는다.

인공위성이 흐르고 북극성과 삼태성이 반짝인다. 개정리 삼거리 정도를 걸어오자 날이 부옇게 샌다. 사과농장의 사과나무는 아침 뉴스를 듣고 자란다. 팔공산 할아버지는 그야말로 구름모자를 썼다. 저 할배 진짜 머리는 날이 좋아야 볼 수 있다. 내 고향 장수는 산과 안개의 고장이다.

비닐하우스 농사를 짓는 대농들을 제외하곤 한해 농사를 갈무리할 때다. 고추와 감과 대추가 익어가고 토란대와 고구마순을 말리는 집에서는 구수한 냄새가 풍겨 나온다. 안주인들이 겨울 양식을 준비하는 동안 바깥양반들은 연장을 손본다. 1년 내내 비바람과 폭풍우에도 손처럼 같이 움직이던 곡괭이, 괭이, 낫, 호미, 삽 들을 씻고 말려서 기름 치고 헛간에 걸어둔다. 모든 연장은 주인을 닮아간다. 잘 닦고 조이고 기름 쳐줘야 오래가는 법이다. 사람도 마찬가지 아니겠는가. 세상 모든 연장은 방치하면 녹이

슬게 마련이다.

　한동네에 사는 과부댁이 이웃집 아저씨와 정분이 나고 말았다. 보리밭과 수수밭과 옥수수밭이 야외 모텔이었다. 물방앗간 뒷간은 비바람 불 때 간혹 이용했다. 본인들 외에 아무도 몰랐으면 했지만, 나무와 물과 바람과 구름이 다 보았다. 새와 쥐들이 썻나락 까먹는 소리로 말씀을 옮겼다. 당연한 귀결로, 이웃집 아주머니가 고소를 하여 포도청에서 조사를 받게 되었다. 고개를 들지 못하는 아저씨에 비해 과부댁은 당당했다. 한치의 부끄러움도 없는 얼굴이었다.

　"아, 글씨, 우리 동네는 사립문도 없구, 자물쇠니 열쇠니 그런 것 안 키우는구만유. 연장두유 호미나 괭이나 낫이나 삽이나 필요하면 아무 집이니 빌려 쓰는구만유. 진 없어도 갖다 쓰구, 깨끗하게 닦아서 갖다놓으면 별일 없었으니께유. 다들 그렇게 대이구 사는디유. 연장 빌려 썼다고 오니라 가니라 이렇게 성가시게 구는 까닭을 모르겠네유. 아, 아자씨는 옆집 새댁이 절굿대 좀 빌려달라면 안 빌려주나유. 노는 연장 모셔놨다가 조상님 묏동에 비석 세울

거남유. 어쨌거나, 안 쓰는 연장 있으면 빌려주고 노나 쓰는 게 아름다운 농촌 아닌가유."

조서를 꾸미던 포졸 나리께서 하도 어이가 없어 피식 방귀를 뀌고 말았단다. 그러나저러나 서로 없는 연장 빌려주는 거야 아름다운 일이지만, 사람 연장은 주인 허락 받아야 쓰는 것 아닌가. 자기 집 안에 봉황 놔두고 밖에 나가서 암탉 찾는 사람들, 뜨끔할 일이다.

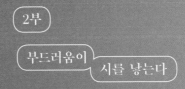

2부

부드러움이 시를 낳는다

가신 이의 발자취

박상륭 선생께서 2017년 7월 1일 돌아가셨다. 고국이 아닌 머나먼 캐나다였다. 아쉽다. 김현, 이문구에 이어 한국문학이 무너지는구나. 잘 아시다시피 박상륭은 1940년 전북 장수에서 막내로 태어났다. 장수읍 노곡리 부농 막둥이로 태어난 박상륭은 한학을 공부한 아버지 밑에서 시를 배운 똑똑한 아이였다. 어머니 나이 마흔다섯 살에 본 늦둥이였다. 쭈글쭈글하고 시커먼 어머니가 부끄러워 책상 아래로 숨은 아이가 박상륭이었다. 장수초등학교, 장수중학교, 장수농고에서도 1등을 놓치지 않은 수재였다. 장수농고를 졸업할 당시 500편에 이르는 시를 썼고, 장차 대통령을 꿈꾸는 조숙한 학생이었다.

　그는 짝사랑한 동네 여대생 누나가 병으로 죽고 대학입시에 실패한 뒤, 중앙대학교 전신인 서라벌예대 문창과에 진학한다. 거기서 필생의 친구이자 라이벌인 이문구를 만난다. 김동리는 유독 이문구를 좋아했다. 제2회 김동리 문학상을 받았을 때, 친구 이문구가 준 상이라고 좋아했던 박상륭. 공식적인 자리에서 자기 이름으로 술을 산다며 많이 드시고 밤길 즈려밟고 가시라던 박상륭. 자기는 파이프(그는 여러 개의 파이프를 가지고 있다)를 물고 있으면서 양주와 궐련을 연신 권하던 박상륭. 자기에게는 친구가 둘 있는데, 김현이 그렇게 갔고 하나 남은 이문구마저 아쉽게 눈을 감았으니 천하에 외로운 놈이 되고 말았구나고 눈물을 훔치던 박상륭. 상륭이가 캐나나에서 날아올 때까지 눈을 못 감고 말을 잇지 못하던 병상의 이문구가 떠오른다. 사진을 찍으면 거한들 사이에 낀 한 마리 쥐새끼 같다며 낄낄거리던 박상륭. 과대 포장했지만, 사석에서 만나면 한창훈을 명천으로, 글 쓴 사람을 자기 분신으로 생각했던 박상륭. 술은 큰 글라스로 자꾸 첨잔하며 양껏 마시라던 박상륭. 귀한 쿠바산 말뚝 시가를 주며 피우라던 박상륭. 친구와 많이 싸우라고 당부한 박상륭. 광화문과 일산에서 버선발로 뛰쳐나오던 박상륭. 문학평론가인 김진수에게 원어로 된 책을 주며 한번 출판해봐요, 하던 박상륭. 예쁜 사모님을 둔 덕분에 알약을 한 움큼 털어 넣던 박상륭. 아름다운 딸(박상륭은 슬하에 딸만 셋을 뒀다)과 사위 사진을 보여주며 모두 성공해 대학 교수가 됐다며 즐거워하던 박상륭. 식당에서 선배라고 죽어도 자기가 계산을 해야만 직성이 풀리는 박상륭. 고국에 오면 절대 장수를 찾지 않은 박상륭. 우리에게 가죽 가방과 노트를 선물한 박상륭.

그도 하늘의 뜻에 따랐다. 언젠가 신문 1면에 한국이 노벨문학상을 탄다면 박상륭이 1번이라고 썼다. 과한 표현이 아니다. 그 많은 저서 중에 『죽음의 한 연구』, 『칠조어론』만 인용해도 고개를 끄덕일 것이다. 한국 문단을 생각하면 더 그렇다. 누구처럼 언론에 얼굴을 자주 내밀지 않고 시체실 청소부로 일하면서 모국어로 소설을 썼다. 먹고사는 문제 때문에 고국을 떠났을 뿐이다. 문제는 번역이다. 이 자리에서 소위 박상륭 문학을 말하고 싶지 않다. 나는 그럴만한 그릇이 못된다.

잘 주무십시오.

우리도 곧 따라가겠습니다.

세상에서 가장 부드러운 손

— 박경리 선생님께

선생님,

지난 5월 말에 토지문화관을 나와 집에 왔으니 벌써 석 달이 넘었군요. 토지문화관을 품고 있는 매화 마을은 선생님 품처럼 넓고 깊었습니다. 농부들이 층층 다랭이논에 모를 내고 비탈밭을 갈아 옥수수 모종을 심고 고추가 살랑살랑 춤을 출 때 그곳을 떠났지요. 집에서 오매불망 기다리는 가족들 생각보다는 생전, 선생님과 작별하는 마음 같아 울컥했습니다. 솔직히 고백하자면 좀 더 있게 해 달라고 떼를 쓰고 싶었어요. 눈이 펑펑 내리던 3월에 입주하여 노오란 앉은뱅이 수선화가 피어날 때쯤 나왔으니 첫

사랑만큼, 봄밤만큼, 봄꿈만큼 짧고 허망하기까지 했습니다. 밤새 내린 눈 무게에 못 이겨 아름드리 소나무가 우지끈 부러질 때부터 버들강아지 솜털 일렁이며 아지랑이 피어오르고 황사 군단 강원도 산골까지 진군하고 청매 개나리 진달래 산수유 생강나무 앞다투어 꽃을 피울 때까지 우리 입주 작가들은 밤잠을 설쳤습니다. 소쩍새와 뻐꾸기는 왜 그렇게 구슬피 짝을 찾아 헤매던지요.

사람이 편해지면 잡생각이 많아지더군요. 돌아보면 결혼하여 아이 기르며 살아온 지난 20여 년 동안 한 번도 집을 떠난 적이 없습니다. 운이 좋아 직장에 다니는 아내를 모시고 살게 되었어요. 막노동과 우유 배달과 신문 배달과 여러 잡스러운 일과 함께 전업주부로 살았습니다. 대한민국 평범한 주부 그 모습이지요. 청소와 빨래, 장보기 요리하기 공공요금 내기 아이 간식 챙겨주기 경호원과 운전기사 노릇, 뭐 당연한 일 아니겠습니까. 그렇게 불혹 지나 지천명 고개를 넘자, 아이는 대학생이 되었고 아내는 흰 머리털을 뽑아 제 일기장 위에 소복하게 쌓아놓고 출근하는 시절이 다가왔습니다. 바야흐로 갱년기, 다시 인생을 갱신하는 대변혁의 순간이 다가온 겁니다.

토지문화관, 선생님 손길과 숨결과 정성과 정신이 살아 있는 곳에서 다시 출발하고 싶었습니다. 귀래관은 따뜻하고 조용하고 고요했습니다. 밖에서는 바람이 불고 눈보라가 휘몰아치고 봄비가 내렸다가 그치고 해와 달과 별이 계곡물과 저수지 위로 노 저어 가느라 부산했지만, 창작실 안은 편안했어요. 그야말로 천국이었지요. 선생님 이름 앞에 욕먹을 짓은 하지 말아야지, 천 리 먼 길, 어떻게 여기까지 왔는데, 밤새 전등을 폿대 삼아 눈 부릅뜨고 허리 곧추세웠지만 아침은 빨리 왔습니다. 소출이 적었어요. 그럴 것이, 삼시세끼, 제가 가족들을 위해 지은 밥을, 이젠, 누님 같고 어머니 같은 분들이 저를 위해 해주는 것이었어요. 얼마나 고맙고 미안한지 저는 발뒤꿈치를 들고 다녔습니다. 더군다나 지겨운 설거지를 하지 않아도 되니 그야말로 꿈꾸는 듯했습니다. 아직 덜떨어져서 그런지, 인생, 쓴맛을 다 못 봐서 그런지, 이제 슬슬 잔꾀를 부리질 않나, 도망갈 생각만 하질 않나, 특히 음식 만들기보다는 설거지하기가 그렇게 귀찮은 거예요. 정말 한심한 놈이지요. 저는 어느 날 저녁밥을 먹고 내려와 보들보들해진 제 손을 들여다보았어요. 하얀 손, 부끄러운 하얀 손이었습니다. 그러자 불현듯 15년 세월을 훌쩍 뛰어넘어 선생님과 처음 만났을 때 기억을 떠올려보았지요.

선생님,

그때가 1994년이었나요, 95년도였나요? 기억이 가물가물한데 가을은 분명했어요. 선생님『토지』완간 잔치가 열렸던 해였으니까요. 지금은 문학공원으로 변한 단구동 옛집에서 선생님을 처음 뵈었어요. 얼마나 떨리던지, 두근거리는 가슴을 억제하며 같이 간 친구랑 묵묵히 일했지요. 우리는 원주 시내에 숙소를 구해놓고 출퇴근을 하면서 일주일 동안 일을 했습니다. 야외 식당과 간이 화장실을 짓고, 잡풀 제거, 청소, 화단 정리 같은 집안일을 했습니다. 하늘은 높고 바람은 잔잔하고 공기는 쾌청하여, 우리는 마치 소풍 나온 학생들처럼 가벼운 마음으로 작업을 이어나갔습니다. 선생님께선 좀처럼 밖으로 나오지 않았어요. 방송국 카메라는 언제든지 인터뷰를 하려고 기회를 노리고 있었지요. 아주 가끔 고양이 밥을 줄 때, 하루 겨우 한두 번 바깥 행보를 하셨어요. 그때마다 우리는 "얼른 찍어!" 하면서 선생님 얼굴 담기에 정신이 없을 지경이었는데요. 나중에 알고 보니, 정말 우리를 작업하러 온 일꾼으로 본 거예요. 그럴 만도 하지요. 저와 제 친구는 외모로 보나 행색으로 보나 어딜 가나 딱 막노동을 하는 일꾼 그 자체였으니까요. 삼 일째 되던 날인가요. 어렵사리 만난 선생님께 나온 지 얼마 안 된 시집에 사인해서, 부끄럽게, 정말 부끄럽게 드렸더니, 깜짝 놀라시던 선생님 표정이 지금도 생생합니다.

그다음 날부터는 특급 대우였어요. 틈만 나면 나오셔서 직접 만든 반찬을 내오시고, 어떨 때는 통닭까지 시켜 주셨으니까요. 잔치를 준비하기 위해 후원받은 술 상자가 산더미처럼 쌓여 있었는데요, 선생님께선 눈치 보지 말고 먹으라고 하셨습니다. 우리는 목마를 때마다 선생님이 주신 푸짐한 안주를 놓고 양껏 마셨습니다. 일이 술술 풀려나갈 수밖에요. 커다란 황소 잔등 같은 치악산 줄기를 바라보며 술을 마시다 보면, 쏟아지는 낙엽과 함께 마치 이 세상 같지 않았어요. 행복이 있다면 바로 이런 풍경 아닐까요. 우리는 동시에 외할머니, 아니 어머니를 느꼈어요. 세상에서 가장 큰 어머니 말이죠. 그 품에 안겨 세상 슬픔 모두 털어놓고 울고 싶은 그 어머니 말이지요.

드디어 모든 준비가 끝나고 『토지』 완간 기념잔치가 벌어졌습니다. 축복인 듯 다사로운 가을 햇살이 단구동 마당 한가운데로 쏟아졌어요. 그 많은 사람들의 움직임, 노래, 축시, 축사, 축하 무용, 그 모든 일정이 한낮 꿈처럼 몽롱하게 흘러갔습니다. 수많은 세월, 혼자서, 단독자로서, 혹독한 외로움을 극복하고 써내려온 『토지』 완간은 우리나라 문학사뿐만 아니라 세계 문학사에도 한 획을 긋는 대단한 성취였습니다. 그날은 한국 문학사가 다 모인 게지요. 세계 문학사에서도(이미 여러 나라에서 번역 출간된 것으로 알고 있습니다) 보기 드문 성취였습니다. 속으로 참은 눈물의 승리, 외로움의 승리, 일한 사람의 승리, 앓는 사람의 승리였어요. 세상 가장 낮은 곳에서 엎드려 사는 이 땅 백성들의 승리였어요. 누구보다 손톱 발톱 문드러지도록 고독과 싸우면서 단 한 번도 만년필을 놓지 않았던 선생님 자신의 승리였습니다. 위대한 스승들이란 혼자 있을 때 어떻게 시간과 싸우는지, 어떻게 시간을 경영하는지 거기서 결판이 나는 거 아니겠어요? 거기 모인 축하객들은 남녀노소를 불문하고 모두 마음껏 마시고 있는 힘껏 노래 부르고 온몸을 다해 춤을 추었습니다.

어느덧 선생님이 직접 키운 배추밭과 고추밭 콩밭 언저리에 붉은 노을이 내려앉았습니다. 이제는 헤어져야 할 시간이었어요. 수많은 방문객과 언론사에 지친 선생님이었지만, 일주일 내내 허드렛일을 한 우리에게는 참으로 다정하게 대해주셨어요. 우리들 손을 차례로 잡고 쓰다듬으면서 "일하는 사람 손은 썩지 않아요, 제 손을 보세요. 글이 잘 안 될 때마다 얼마나 일을 했는지, 손톱이 다 닳았잖아요" 우리는 거친 선생님 손을 오래오래 쓰다듬었습니다. 얼마나 많은 날들을, 그렇게 살아오셨는지요. 원보를 업고 글을 쓰고 바느질을 하고, 세간을 닦고, 날이 밝으면 밭에 엎드려 그대로 땅이 되고 거름이 될 때까지 나오지 않으셨으니 말이지요.

먼 길 조심히 가라고 문밖에 망연히 서서 손 흔들던 선생님 모습이 시나브로 덮쳐오는 어둠에 지워졌습니다.

그 부드러운, 크나큰 손길이 우리 어깨 위에 가만히 얹혀 있었지요. 서편 하늘에는 선생님 눈시울 같은 별들이 젖어 반짝거렸습니다. 우리는 명절날 고향에 잠깐 들렀다가 객지로 돌아가는 자식들처럼 말이 없었습니다. 차마 떨어지지 않은 발걸음이었지요. 금방이라도 돌아가 저녁밥 차려달라고 떼쓰고 싶은 마음이 불현듯 들었습니다. 넘어가는 해를 따라, 떠오르는 달빛의 부축을 받으면서, 서쪽으로 서쪽으로, 바다가 있는 집으로 돌아오던 그 밤을 어찌 잊을 수 있겠습니까.

그리고 딱 한 번 선생님을 더 뵈었습니다. 김지하 시인 부친, 남로당 목포지구당 위원장 김맹모 선생 장례식장에서였어요. 한결같은 일꾼 복장으로 바다 일을 하는 우리에게 듬직한 머슴 같다고 커디랗게 웃으며 손을 잡아주셨지요. 늘 그렇듯이 선생님 손은 따뜻했습니다.

그게 마지막이었습니다. 살다보니, 그렇게 속절없이 세월이 흘러 선생님께서 병원에 입원하셨단 소식을 듣고도 찾아뵙지 못했습니다. 한쪽 가슴을 도려내는 큰 수술에도 강인한 생명력으로 일어나신 선생님이기에 믿었지요. 이번에도 보란 듯 벌떡 일어나 그 좋아하는 담배를 물고 어린 고양이와 거위를 보살피는 선생님을 그려보았습니다. 텃밭에서 손수 가꾼 나물을 무쳐 이것저것 내 오시는 이웃집 할머니 같은 선생님을 떠올렸습니다. 얼마나 모진 세월을 보냈는데…… 그까짓 고혈압, 폐암 정도는 툭툭 털고 일어나실 줄 믿었습니다. 버리고 갈 것만 남아 홀가분하셨다지요.

전화를 받자마자 올라갔습니다. 『토지』 완간 잔치 목수처럼, 김맹모 선생 장례식장 잡부처럼 선생님 모신 영안실에서 꼬박 사흘 동안 당직을 섰습니다. 그때처럼 또 커다랗게 웃으시며 어깨를 두드려주실 것 같았지요. 제 임무는 운구조였어요. 영광스럽게도 제일 앞자리에서 말이지요. 삼도천 건너 피안의 세계로 돌아가시는 길에, 저도 선생님과 함께했다는 사실이 뿌듯하고 행복했습니다. 부지런히 움직여라, 손 놀리지 마라, 단 한 순간도 허투루 보내지 마라, 편안하게 누운 선생님께서 조곤조곤 말씀하셨습니다. 일하는 사람의 손은 썩지 않는다, 살아있는 생명을 함부로 대하지 마라, 모시고 살아라, 쓰다듬고 살아라,

무엇보다 좋은 글을 써라, 만장이 펄럭이고 만가가 허허바다 멀리멀리 퍼져나갔습니다. 푸른 바다 깊이 선생님 주름살처럼 스며들었습니다.

선생님,

지금쯤 토지문화관 앞에는 벼들이 누렇게 고개를 숙였을 겁니다. 옥수수는 벌써 거두어 냉동고에 보관했을 거고요. 고추도 갈무리 지어 김치 담글 때 쓰려고 말려놨을 겁니다. 텃밭에는 배추와 무, 쪽파가 푸르게 자라고 있겠지요. 계곡물과 저수지는 더 깊어졌을 거예요. 거위는 아직도 선생님 손길을 기다리며 왈짜를 부리고 있고요. 귀뚜라미 소리 매화 마을을 가득 채우고, 귀래관, 매지관 불빛에 낙엽송, 전나무, 소나무 오랫동안 잠 못 이룰 겁니다. 작약, 앉은뱅이 수선화, 제비꽃, 생강나무, 진달래, 개나리, 청매나무 다시 내년 봄을 기약하며 긴 꿈의 잠 속으로 빠져들 겁니다. 저희 3월 입주 작가들은 선생님 기일에 맞추어 귀래관 앞뜰, 연못 옆에 돌배나무 두 그루를 심었습니다. 해마다 선생님을 추모하며 나무를 심어나가기로 약속했습니다. 나무를 심으려고 땅을 파보니 잔돌도 많고 거칠었습니다. 그러나, 생명은 위대한 거지요. 거친 땅속에서도 선생님 손길처럼 뿌리를 내리고 꽃을 피우고 열매를 맺고 싱싱청청 하늘을 우러를 겁니다. 나무를 우러르며, 풀벌레 소리를 음악 삼아 후배 작가들은 선생님의 문학 정신과 생명사상을 이어받으려 밤새 초롱초롱한 눈길로 공부에 매진할 겁니다.

선생님,

토지문화관 앞뒤 산도 곧 낙엽이 지고 눈이 내리겠지요. 선생님은 하늘나라에 계시지만, 선생님이 베풀어주신, 크나큰 사랑은, 우리 인류가 망해, 초록별이 우주에서 사라질 때까지 영원할 겁니다. 저도 언젠가는 선생님 계신 곳으로 가게 되겠지요. 그때 가서 부끄럽지 않게 선생님 손 잡고 싶어요. 정직하게 일을 해서 거칠어진 손으로 선생님 안아보고 싶습니다. 이번 명절에 선생님 좋아하는 담배 한 보루 부칩니다. 달게 태우시고 만나 뵙게 되는 날까지 평안히 계십시오.

노인이 선물한 호랑이 그림

36여 년 전, 나는 20사단 신병교육대에서 생활했다. (20사단은 잘 알다시피 광주 투입 사단이다. 운이 좋아 선임병들이 임무에 복귀해서 비밀리에 무용담을 털어놓을 때, 나는 군에 입대했다.) 어느 날, 기간병과 신병을 취사장에 몰아넣었다. 공수 교육대도 올라왔다. 창문마다 까만 커튼을 내려 빛을 틀어막았다. 대낮인데도 캄캄했다. 거기서 정윤희 가슴이 나오는 영화를 봤다. 반은 졸고 반은 아까운 군복을 탓했다. 전두환이 팀스프리트 사격훈련 참관을 온단다. 사단장은 최세창이었다. 3년 내내 박준병, 이종구 이름을 외워야만 했다. 사격장은 취사장 바로 옆에 있었다. (최세창은 광주에 내려갈 당시에는 3공수여단장이었는데 그 공로로 진급해서 사단장이 되었다.) 헬기가 전두환을 싣고 떠나기까지 어설픈 성인영화를 틀어줬다. 자국 군인들도 못 믿는 한심한 놈이었다.

어쨌든 그 물건이 체육관 선거로 대통령이 되었다. 나는 한 번도 그를 대통령이라 인정한 적 없다. 내 손으로 직접 뽑아본 적이 없기 때문이다. 이후에 시간은 역사가 증명한다.

세월이 흘렀다.

아내가 승진하고 아이가 대학에 들어가 나는 더 이상 할 일이 없어졌다. 처음으로 지금은 없어진 창작실이란 곳에 들어갔다. 시를 쓰는 K 선배가 운영을 맡아서 했다. 거기서 그 노인을 만났다. 여든 중반을 넘긴 노인은 시조 시인이었다. 키가 크고 잘생긴 얼굴이었다. 탁구를 칠 때면 커브를 그려 실력이 빼어났다. 약간 균형을 잃을 때도 있었지만 건강에는 이상이 없었다. 붉은 노을은 광채가 나는 법이다. 차츰 친해지자 자기 얘기를 했다. 어엿한 손주를 쓰다듬고 사모님한테 인정을 받을 나이였는데 인생이 기구했다.

　그는 잘나가는 사립대 교수였다. 서울 지역에 위치한 그 대학은 말만 하면 누구나 아는 학교였다. 부인은 전업주부였다. 슬하에 딸 둘을 두었는데 모두 결혼해서 미국에 살고 있었다. 어쩌다 보니 그 교수는 전두환 아들을 가르치고 있었다. 청와대에서 불렀다는 후문이 있었다. 자기 아들을 가르치는 교수를 보고도 대통령이란 사람이 거만하게 앉아 있었다. 도와줄 게 없냐고 물었다. 문교부 장관을 맡아 보면 어떻겠냐고 했다. 장관이 누구 집 문패인가. 그가 말하면 신이 말하는 거와 같은 시절이었다. 이름만 바뀌었지 박정희 때랑 똑같은 시대였다. 완곡하게 거절하고 공손하게 나왔다. 저녁밥은 부드럽고 달콤했으나 입맛은 썼다.

　문제는 부인이었다. 가만있으면 우아한 교수 부인으로 탈 없이 살아갈 인생이었다. 그러나 귀가 얇았다. 옆에서 친구들이 꼬드긴 말에 홀랑 넘어갔다. 사채놀이를 해서 교수 월급을 배로 불려준다고 하니 혹했던 모양이다. 교수 부인은 적금을 해약한 것은 물론, 나중에 사채까지 썼다. 탈탈 털어 넣고 정신을 차려보니 집까지 넘어간 다음이었다. 월급 압류은 기본, 퇴직금과 연금은 사라졌다. 살인마 앞에서 장관 자리까지 제안을 받았던 교수는 쫄딱 망했다. 망한 것으로 끝났으면 노숙자 신세는 면했을지 모른다. 부인이 한강 다리에서 몸을 날렸다. 한강 구조대가 가까스로 달려가 건져놓으니 숨만 붙어 있었다. 차라리 저세상으로 갔으면 며칠 울면 끝날 일이거늘, 부인은 식물인간이었다. 부인을 병원에 두고 전직 교수는 갈 곳이 없었다. 병원비는 급히 날아온 딸들이 반씩 부담을 했다. 천지에 머리 둘 곳이 없구나. 전직 교수는 울었다. 앞으로 비루한 세월만이 길게 남았다. 따뜻한 곳에서 교수로 살았던 인생이 꿈만 같았다. 냉정한 세상이었다.

보다 못한 제자가 한마디 했다. 스승님, 호주로 오시죠. 남은 인생은 제가 책임지겠습니다. 제자는 목사였다. 제자 제안을 선뜻 수락할 수밖에 없었던 교수는 호주로 갔다. 목사 사택에 짐을 푼 교수는 진실로 제자에게 고마움을 표시했다. 가끔 바다에 나갔으며 산을 올려다봤다. 주말에는 목사 식구들과 고기를 구워놓고 와인을 마셨다.

꿈같은 시간이 흘렀다. 꿈에서 깨어나면 고국에 식물인간으로 누워있는 아내가 떠올랐다. 교수는 고개를 세차게 흔들었다. 이를 악물고 저작에 매달렸다. 교수는 늙었다. 고국도 아닌, 머나먼 이국에서 생활하는 이에게 청탁은 없었다.

운이 따르지 않은 걸까, 하늘이 안 도와준 걸까, 머피의 법칙은 거기서 끝나지 않았다. 산불이 나서 교회와 목사관이 흔적 없이 타버렸다. 살아 나온 것이 기적이었다. 그 유명한 호주 산불이었다. 사나운 바람이 다시 그를 고국에 내려놓았다. 급한 대로 짐은 충청도 제자 비닐하우스에 맡겨놓았다. 충청도 제자는 농사를 짓는데 여유가 없었다. 다시 갈 곳이 없어진 교수는 창작실을 전전했다. 최소한의 밥과 잠자리가 주어졌다. 청탁이 끊긴 교수는 여기저기 편지를 썼다. 답장은 당연히 오지 않았다.

그해 겨울은 유독 눈이 많이 내렸다. 몇 분만 빼놓고 창작실에 입주한 시인과 소설가들은 안면이 있고 아는 사이였다. 평소에는 가난한 문인들만 붐비던 곳이 방학을 맞이하여 젊은 교수들이 많았다. 아이러니였다. 젊은 교수들은 나에게 전직 교수를 위해 위로의 술을 사라고 했다. 창작실 운영위원장을 맡고 있는 K 선배가 대상포진을 앓고 있었다. 나는 선배가 나으면 술을 사겠다고 말했다. 창작실에 입주시켜준 고마운 선배이고 명색이 운영위원장이었는데 우리들끼리 술을 마시면 서운해할까 봐 예의를 지켜야 한다고 생각했다.

대상포진을 앓고 있는 선배는 눈이 녹을 때까지도 시름시름 앓았다. 거기 온 문인들은 내가 돈을 아끼려고 차일피일 미루면서 핑계를 대는 줄 알은 모양이었다. 그 말을 전해 들은 K 선배도 내가 돈을 아낀다고 착각한 모양이었다.

너 왜 이렇게 좀생이가 됐냐?

선배가 나에게 농담으로 말을 건넸다. 나는 섭섭했다. 그리고 그날 밤 나는 두부와 삼겹살을 샀다.

그러나 나는 돈을 모른다. 꽤 오래된 얘기인데, 잘나가던 야학 친구가 사업이 힘들다고 돈을 달라고 한 적이 있다. 나는 두말 않고, 은행 한도액까지 보냈다. 그다음 날 또 보낼 생각이었다. 아내에게 말하자 미쳤다면서 카드를 뺏었다. 몇 번 말하지만 나는, 돈을 쓸 줄 모른다. 평생 돈을 가져본 적이 없었다. 십만 원 있으면 십만 원 쓰고, 백만 원 있으면 백만 원 홀딱 쓴다. 받으려고 꿔준 적이 한 번도 없다. 뭘 아끼려고 했던 적 없다. 전무 아니면 전부다. 성질이 더러워서, 적당한 중간은 없다. 인생은 손해 보는 장사다. 이익을 남기려고 하는 순간, 망한다. 주위 사람들은 내 성격을 다 알고 있다.

나는 자린고비가 아니다. 그러거나 말거나 주최 측에서 성탄 축하금과 새해맞이 격려금을 내놨다. 우리는 횟집으로 몰려가 술을 마셨다. 술을 못하는 노인은 조용했다. 어디 있던, 그 사람이 여기 있었나 할 정도로 행동이 조신했고 말이 없었다. 가난한 살림에 도와주고 배려한 후배와 내가 고마웠던지 노인은 호랑이 그림을 선물했다. 그는 호랑이 그림으로 연명하고 있었다. 그림을 잘 모르는 내가 한눈에 봐도 조악했다. 나는 방에 와서 슬며시 쓰레기통에 버렸다. 고마웠지만 소장할 가치가 없었다. 노인은 최선을 다했고 나는 최악을 다했다. 탁구와 술을 가까이 하다 보니 금방 한 달이 갔다. 눈은 끊임없이 내렸다. 아침에 일어나면 종아리까지 쌓였다. 그런데 나보다 먼저 온 노인이 떠난다는 거였다. 아니, 이 겨울에 어디로 가지? 상식에 맞지 않았다.

　나와 소설을 쓰는 후배는 선배에게 얘기했다. 한 달만 봐주면 안 되겠냐, 이 엄동에 어디를 가냐, 문학은 약자를 위해 존재하는 것 아니냐, 돌아온 대답은 싸늘했다. 누구 사정 봐주면 한도 끝도 없다, 고쟁이까지 다 내리란 말이냐, 나도 봐주고 싶지만 눈길에 낙상하여 누워 있으면 누가 책임지란 말이냐, 경영을 맡은 선배는 단호했다. 나중에는 한 달이 아니라 보름, 연휴 기간만이라도 봐줬으면 했지만 현실은 냉정했다. 노인을 위한 나라는 없었다. 야박이란 말은 그런 때 쓰는 것이었다. 나는 후배와 고물 자동차를 몰아 읍내로 나갔다. 자기가 근무한 대학교 근처에 달방을 구해 나가는 노인을 배웅하기 위해서였다. 우리가 감당할 만큼 봉투도 준비했다. 아마 차비를 빼면 조금 남을 돈이었다. 보내고 나서 우리는 낮술을 마셨다. 취했다. 그사이 10년이 넘는 세월이 흘렀고 노인은 죽었나 살았나, 소식이 없다.

나도 한 점 먼지가 되어 사라질 것이다

이거 동업자 얘기를 하자니 누워서 침 뱉기다. 속이
느글거리지만, 마당이 삐뚤어졌어도 장구는 바로 쳐야지.
문청인 내게 S 선배는 교과서였다. 늘 옆구리에 선배 책을
끼고 다녔다. 술을 얻어먹고 정신을 잃을 때도 마찬가지였
다. 늦게 문단에 데뷔하고 막노동을 할 무렵이었다. 선배
부인이, 그러니까 형수 고향이 내가 사는 옆 동네였다. 방
학 때마다 왔다. 평소 존경하던 형이 오면 맨발로 맞이했
다. 술, 밥, 시간, 아끼지 않았다. 태어나서 여태까지 빚에
쪼들리고 살아온 내가 유일하게 이자를 갚을 수 있는 통
로였다. 여러 해를 그렇게 했다.

그런데 형이 친일을 저지른, 군사독재에 아부한, 모 신문사가 주최하는, 죽은 사람의 호를 딴 문학상 후보에 올랐다. 전화했다. 후보를 거부하라고, 그깟 상 안 받아도 더 큰 상이 기다리고 있을 거라고, 후배들에게 본을 보여 주라고 말했다. 형은 말이 없었다. 그것으로 끝이었다. 형은 후보 사퇴도 안 했고 상도 못 받았다. 부역한 신문의 들러리였다. 몇 년이 흐른 다음, 행사장에서 형을 봤다. 반가워서 달려가 안부를 물어보고, 전화한 일에 대해 진실로 미안하다고 사죄를 했다. 형은 데면데면하였다. 방학마다 나를 보러 오던 형은 그 후 나를 더 이상 찾아오지 않는다. 오랜 세월이 흐른 지금까지 말도 안 하고 전화도 없다. 정식으로 사과를 했는데도 답이 없다.

언젠가 형 친구가 왔다. 그분도 시인이었고 나와는 절친한 사이였다. 고향 가까운 곳에 절이 있었는데 주지 스님이 형 친구의 친동생이었다. 한걸음에 달려 나갔다. 형 친구는 술이 약했다. "그 친구, 더한 상이라도 주면 받을 거여."

나도 늙어 지하철을 타면 할아버지 소리 듣는다. 광

장 가는 길에 경로석에 앉아 있던 아이와 엄마가 벌떡 일어선다. 조카가 애를 낳아 고등학생으로 컸지만, 나는 한사코 거절했다. 젊은 할아버지라고, 서서 가도 아무런 문제가 없으니 그냥 앉아 있으라고. 살다보니 내가 속한 단체에서 무슨 위원장을 맡아 달란다. 수락했다. 마지막으로 봉사해야지. 그것도 감투라고 안티를 건다. 안티를 건 사람이 대신했으면 좋겠다. 아직 확정도 안 됐다. 내년 2월, 총회를 통과해야만 한다. 알다시피, 문학 하는 사람은 가난하다. 더군다나 지방(?)에서 위원장 해봐야 뻔하다. 자기 돈 쓰고 자기 시간 내고, 한마디로 욕먹는 자리다. 책임만 있고 돈과 이익과 명예는 없다. 나이순으로 내려오면 할 수 없이 맡는 것이다. 처음부터 설거지와 봉걸레, 빗자루는 후배들 몫이다. 맥주 세례는 덤이다.

　한 가지만 더 얘기하자면, 아이가 학생이었을 때 돈이 많이 들어갔다. 돈이 필요한 나는, 전 수상자가 지명하는 은행을 두드렸다. 먼저 상을 받은 R 선배가 말했다. 심사위원은, 옛날하고 달리 거수기 역할이고. 지금은 회장이 직접 뽑는데, 남자하고 전라도 사람은 안 된단다. 이명박 시절 얘기다. 깨끗하게 포기했다. 박근혜는 블랙리스트를 선물로 내놓았다. 부자들은 돈을 잘 내지 않는다. 쌓아두면서 가난하다. 마늘밭과 김치통은 그런데 쓰라고 만들지 않았다. 돈을 제대로 쓸 줄을 모른다. 그들은 정당하게 벌었을까? 가만있어도 모과처럼 은은하게 향기 나는 사람을 좋아하는데 그런 사람은 없다.

진이정도 가고 기형도도 가고 이연주도 가고 김소진도 가고 윤중호도 가고 김지우도 그렇게 가고 박영근도 가고 박경리, 이문구, 이청준, 담배를 항상 물고 있던 송수권, 박상륭, 정진규도 가고, 임영조, 김강태는 같은 날에 떠났고, 흔복이는 의식 없이 누워 있고, 김이구도 가고 깨끗한 조정권도 갔다. 좋은 사람은 일찍 간다. 그나저나 짐승 몹쓸 것은 잡아먹기라도 하지, 사람 몹쓸 것은 어디에 쓰나, 피 맛을 본 전두환, 노태우는 언제 가나. 전 재산이 삼십만 원도 안 되는 가난한 사람에게는 국가가 죽을 때까지 무료로 밥을 줘야 한다고 생각한다. 질기게 사는구나. 죗값을 치러야지. 나도 한 점 먼지가 되어 사라질 것이다.

삶을 모시고 살아가는 사람

그 많았던 여자 친구들은 돈 떨어지듯, 신발 떨어지듯, 가을 단풍잎 떨어지듯 떨어져 나가고 겨우 두 사람만 남았다. 두 사람도 언제 떨어질지 모르게 간당간당하다. 마지막 남은 두 여자는 아내와 아이다. 다른 이유도 많지만, 곱게 인생을 마무리 지으려고 시골에 들어왔다. 와서 보니 시골살이도 만만치 않았다. 예를 들어, 농사라긴 머시기한, 콩알만 한 텃밭에 거름과 비료를 뿌리고 풀약을 한 다음, 경운기를 몰고 와 골을 타고 비닐 런칭을 씌워 씨를 뿌리는 동네 선배가 있다. 꼴에 생명을 살린답시고 무농약에 비닐 런칭도 하지 않고, 태평농법이라 이름 붙여

풀이 우거진 것을 좋아한다. 나는 농사꾼이 아니다. 조그만 텃밭에도 주인 의견이 무시되는 게 시골이다. 어려서 고향을 떠나 정서가 다르고, 나랑 같이 생활했던 분들이 대부분 세상을 떠났기 때문이다. 그래도 몇 분은 남아 있어 마을회관이 떠들썩하다. 남동떡, 계남떡, 웃다리골떡, 모두가 내 여자 친구이자 어머니 후배들이다. 평균 연령 82세. 여자들이 오래 사는데, 여기는 반대다. 남자들이 훨씬 윗길이다. 바로 아랫집 상곤 형님이 83세, 상철이 양반은 올해 구순에 접어들지만 꼿꼿하다. 내 머리털을 보고 노인회 가입하란다. 혼자 먹기 심란하니 회관서 점심 해결하잔다. 몇 번 먹었다. 눈을 치우고 왔다. 눈도 내 어릴때 보다는 적게 내린다. 이웃집에 놀러 갈 때, 굴을 파서 다녔던 기억이 새록새록하다. 지난주에는 남동 양반이 큰 소리로 전화했다. 김장을 했는데 나이가 많아 문에 걸어두기는 뭐하고 직접 갖다 먹으란다. 홀앗이 살림이라 얼마 안먹고, 김장은 처가에서 해오니 걱정 말라고 해도 못 알아듣는다. 나이 많이 먹은 노인네가 담가 짜서 그러냐며 딸과 며느리가 담가 심심하다며 섭섭해한다. 일방적으로 전화를 끓는 노인을 보면서 이번 장날에는 과자를 사야겠다고 마음먹었다. 젊은 사람이 얼마 없다. 우리 동네 어르신들은 눈이 오면 꼼짝 안 한다. 길이 미끄럽고 깔끄막(벼랑)이기 때문이다. 이런 경사진 곳에 어떻게 마을이 들어섰나 모르겠다.

선거일이 오면 마을에 봉고차가 온다. 내 여자 친구들도 어르신들도 무조건 1번을 찍는다. 박정희를 숭배하고 그 딸이 하는 일이라면 묻지도 따지지도 않는다. 가난에서 해방시켜준 대통령, 우리를 이렇게나마 살 수 있도록 해준 대통령을 생각하면 눈물밖에 나오지 않는단다. 지금도 감옥에 들어간 대통령 딸을 생각하면 불쌍해서 죽겠단다. 아무리 알기 쉽게 설명해도 요지부동이다. 작년만 해도 회관 냉·난방비, 점심 먹을 것, 총무 월급까지 대통령이 준 걸로 알고 있다. 우리 세금이라고 아무리 얘기해도 곧이듣지 않는다. 내 여자 친구들 중, 아직까지 한글도 모르는 분도 있으시다.

그들에게는 박정희가 신 같은 존재다. 만주 군관학교를 나오고, 일본 이름을 두 개나 가지고 있으며, 독립군 토벌에 앞장선, 일왕에게 충성 맹세를 한, 한때는 남로당원으로 사형을 언도 당한, 가까스로 동료를 밀고한 덕분으로 사형을 면한, 쿠데타로 정권을 잡은 뒤, 무수한 사람을 감옥에 가두고 죽인, 경제 성장 그림자엔 전태일 같은 수많은 노동자의 피와 땀이 새겨 있다는 사실을 얘기해도 믿지 않는다. 그의 형, 박상희는 남로당원이었다. 내가 보기엔 세뇌를 너무 많이 당한 것이다. 썩은 달걀을 품고 있는 것이다. 무섭지 아니한가? 지역 색깔도 마찬가지다. 박정희 이전에는 없었다. 그렇게까지 지독하지 않았다. 전라도 사람들은 무조건 나쁜 놈들이어서 깔보고 백안시했던 것은 모두 박정희 시대가 만들어 낸 조작인데 사실로 믿는 것이다. 그들이 전가의 보도대로 휘두르는 빨갱이 말을 곧이곧대로 믿는 것이다. 우리 역사는 친일파를 처단하지 못했다. 친일을 했던 부류들이 반공으로 옷을 갈아입고 미군을 배경으로 지금까지 득세한다. 곳곳에 일본 세력들이 살아 난리 블루스다. 아우슈비츠를 잊지 않고 있는 독일을 봐라. 그 피해자인 유대인들이 팔레스타인 사람들을 학대한다. 이걸 무엇으로 설명해야 하나. 미국을 등에 업은 이스라엘을 보아라. 트럼프를 선택한 것도 미국인이다.

　여기에서는 역사적인 사실만 얘기하자. 박정희 때부터, 김대중만 빼고 다 영남 사람이 대통령이다. 노무현, 문재인만 빼고 모두 지역을 이용했다. 그렇다고 노무현, 문재인이 다 옳은 건 아니다. 나는 노무현 시절에 이라크 파병을 반대했다. 그냥 글로만 반대한 게 아니라 시위와 집회를 하기도 했다. 문재인도 마찬가지다. 영남 사람들 대부분은 김대중, 노무현, 문재인 정권을 좌파 정부라 한다. 나는 좌파라 보기엔 부족하고, 원칙을 지키는 의미에서 보수에 가깝다고 본다. 이런 말을 너무 많이 들어서 식상하지만, 현역 대통령을 전직 검사가 공산주의자라고 한다. 강남구청장도 똑같이 말한다. 그러면 그를 뽑은 국민들도 공산주의자란 말인가? 이건 해도 해도 너무하지 않는가. 용산 참사 때, 책임자로 있던 사람이 TK에서 국회의원으로 당선되었다. 부역자가 재보선 선거에서 이긴 곳도 TK이다. 김석기, 김재원, 김무성, 홍준표에게 묻는다. 진정으로 울어 봤는가? 진실로 배곯아 울어보지 않았으면 삶에 대해 말할 자격이 없다. 백번 양보해서 생각해도 이건 아니다. 얼마 전, 대구 서문시장에 큰불이 났다. 박근혜가 다녀갔다. 한참 최순실 국정농단으로 나라가 시끄러울 때다. 한 여인에게 수천억 원을 몰아준 대통령을 열렬히 환영한 곳도, 손뼉까지 친 사람들도 TK였다. 화재 사고를 난 상인들은 눈물 흘리고 있는데, 어루만져 주지는 못할망정, 이게 뭐냐. 사람이 할 짓이 아니다. 소방관들이 잔불 정리에 바쁜 와중에, 경호를 한다고 철수시킨 것도 청와대였다. 이명박 시절에는 4대강 비리, 방산 문제, 해외 자원개발, 방송 장악, 광우병 파동, 국정원, 군 사이버사, 블랙리스트…… 열거하기가 귀찮다. 국가의 품격이 더 이상 낮아질 수 없을 만큼 낮아졌다. 박정희, 전두환, 노태우는 쿠데타의 주역 아닌가. 거기에 동상을 세우고 큰절을 하는 사람들이 있다. 동베를린, 민청학련, 인혁당, 틈만 나면 조작해내는 일본 유학생 간첩 사건, 여순 사건, 부마 항쟁, 광주 민주화 운동, 고기 잡다 북한에 들어간 사람을 간첩이라고 몰아 얼마나 많은 사람들을 죽였는가. 어떻게 쿠데타로 집권한 사람을 하늘같이 섬기는가? 사기꾼 대통령을 꾸짖지는 못하고 감싸고 사랑히 느가. 두렵지 아니한가? 겸국 박정희는 부하의 총에 쓰러졌다. 살아 있을 때는 물론, 지금까지 북한을 이용할 대로 이용했다. 툭하면 종북이니 빨갱이라고 했다. 북한을 한번 보자. 3대 세습은 물론, 인민들은 죽어 나가는데, 강성 군부와 당 간부들은 호의호식하고 있다. 살이 뒤룩뒤룩 쪘다. 짐승이 아니면 이럴 수 없다. 북한 김씨 삼부자와 한국의 독재자는 이렇게 닮았다. 북한에서 쿠데타가 안 일어나는 게 신기할 정도다. 피맛에 길들여진 대통령을 높이 모신 사람들은 누구인가? 그렇게 속아 살았으면 정신 차릴 때도 되었건만, 현실은 요지부동이다. 통일은 대박이라더니 개성공단 문 닫아걸어 잠근 게 누구냐. 지금 자유한국당과 태극기 집회 사람들, 일부 시민단체, 조원진 같은 사람들이 욕먹는 건, 꿈에서 못 깨어났기 때문이다. 조원진은 지금도 박근혜를 대통령으로, 문재인을 씨라고 말한다. 어떤 일이 벌어져도 찍어주기 때문이다. 그 찍어준 선물이 밀양 송전탑과 사드 설치였다. 언제까지 속아 넘어갈래. 언제까지 미군들 똥구멍 빨아줄래. 실제로 이문구 소설을 읽어보면, 미군 똥을 초콜릿이라고 먹는 장면이 나온다. 천이백만 노동 형제라고 한다. 노동자만 투표해도 살맛 나는 세상이 온다. 한 번이라도 그런 적 있느냐. 일단, 선거에 돌입하면 학연, 지연, 혈연부터 찾는다. '우리가 남이가?'를 외친다. 왜 고향이 다르고, 출신 학교가 다르고, 생긴 것도 다르고, 성별도 다르고, 삶을 바라보는 철학도 다른데, 투표는 똑같이 하는가 말이다. 솥단지 따로 걸면 형제도 딴 살림 차리는데, 하물며 남인데, 이건 너무한다.

　새로 선출된 자유한국당 원내 대표의 첫 일성을 들어 보아라. 쓴웃음만 나온다. 그가 씩씩하게 대여투쟁을 선언해도 나는 철새의 지저귐으로 들린다. 현재 친일을 하고 있는 아베에게 아부를 하고 우리나라 대통령을 비난하는 제1야당 대표는 어느 나라 사람인가? 자유한국당 뿌리를 캐내면 새누리당, 한나라당, 신한국당, 민자당, 민정당, 공화당이 나온다. 나는 안다. 총을 앞세운 박정희의 쿠데타까지. 최초의 여성 대통령 박근혜를 잘못 모신 자책과 반성은 어디에도 없다. 서산에서, 술집 들어가기가 겁이 난 적이 한두 번이 아니다. 사투리가 무섭기 때문이다. 부산이나 울산, 대구에서 올라온 사람들은 퇴근 후에도 명

찰을 찼다. 술집 전체를 세낸 사람들처럼 굴었다. 맞서 싸우면 쪽수가 부족하다. 소설을 쓰는 친구가 웃음 끝에 말을 한 적이 있다. 전라도가 경상도를 이기는 법은, 애를 많이 낳는 방법밖에 없다! 애국잔데, 투표할 때까지 애 키우고 교육시켜 봐라, 돈 많이 들어간다. 정주영이 대통령 후보로 나왔을 때, 가장 많은 표가 나온 곳도 서산이었다. 참고로 서산 지역구 국회의원은 성일종이다. 자살한 형, 성완종을 생각하면 있을 수 없는 일이지만, 자유한국당에서는 가능하다. 충청도 사람들 정서(TK도, 영남 사람들도, 충청도 사람들도, 분명 얘기하지만, 일부를 말하는 것이다) 모두 알고 있잖는가. 때리는 시어머니보다 말리는 시누이가 더 미운 법이다. 배경이 든든하지 못하면 큰소리칠 이유가 없다. 자랑스러운 성균인상으로 뽑힌 황교안은 뭐 하는 사람인가. 많이 배운 사람이 늘 그렇듯 악마의 탈을 썼다. 언젠가는 그 대가를 톡톡히 물 것이다. 부끄러운줄 알라. 전남 영광을 제외하곤 원전이 몰려 있어 살기 힘든 곳이 영남이다. 그런 곳에서 왜 사나. 떡고물이 많이 떨어지기 때문이다. 그렇게 좋으면 전기를 많이 쓰는 서울에 짓지, 왜 바닷가에 짓나. 원전이 아니라 핵발전소다. 일본 지진을 본보기로 들까. 정권 수호를 위해 막나가는 북한은 용을 쓰고, 그것을 이용하여 미국은 무기를 팔아먹고 웃고 있다. 중국이나 러시아도 마찬가지다. 자국의 이익을 위해서라면 벌떼처럼 일어선다. 문재인 대통령이 중국 국빈 방문하는 것을 얕잡아 보는 중국인 태도를 보라. 왜 우리는 스위스처럼 영세 중립국 선언을 못 하나. 코스타리카를 봐라. 국방에 쏟아부을 돈을 사회간접자본이나 청년 일자리 문제, 노인과 장애인들을 위한 복지에 눈을 돌릴 순 없나. 위안부 할머니들 문제도 마찬가지다(모두 병들었는데 아무도 아파하지 않았다_ 이성복). 우리가 정신 똑바로 차리지 않으면, 코 베어 간다.

이번 포항 지진 일어났을 때, 걱정했다. 내가 사는 산골까지 느낌이 왔다. 평소 전화를 잘 안 하는 성격인 나도, 그냥 있을 수 없었다. 딱 두 사람한테 전화했다. 요행히 피해가 없었다. 그중 한 사람이 이중기다.

알다시피, 이중기는 영천에서 복숭아 농사를 짓는 시

인이다. 여기 장수 사과 농사와 비슷하다. 다른 것은 날씨
인데, 장수는 추운 곳이고 영천은 더운 지방이다. 꽃눈 따
는 일, 꽃잎 따는 일, 열매 솎아내는 일이 똑같다. 장수에
서는 놉이 없어 남원에서 관광버스를 대절한다. 내가 아
는 어떤 할매는 국숫집을 접고 사과 농장으로 출근을 한
다. 일당 벌이가 식당을 경영하는 것보다 낫다는 결론이
난 거다. 오죽하면 사과 브로커도 있다. 많이 배운 어떤 교
수에 의하면 장수는, 공기를 형성하는 대기가 다르다나.
어쨌든 전지가 끝나고 농사철이 시작되면 정신이 없는데,
덩달아 바쁜 곳이 김밥집과 빵집이다. 참을 준비해야 하기
때문이다. 아무도 새참과 점심을 집에서 준비 안 한다. 거
름과 농약 회사에서 작목반을 위해 중국 여행 정도는 우
습게 보내준다. 현금 수억 원이 농담으로 왔다갔다 한다.
점심때, 식당에 가면 신발 놓을 자리가 없는데, 대부분의
주인은 일꾼들과 함께 먹는다. 이중기는 여자인 일꾼들과
같이 못 먹는다. 따로 먹는다.

"부끄러버서 내는 여자들캉 같이 밥 못 묵어요."

구룡포에 사는 권선희 시인 전언이다.

하루는 시인이 경영하는 농장에 불이 났다. 불난 집은 불처럼 일어선다는 말이 있다. 자연발화로 불이 났는데 집과 붙어있는 창고에서 시작되었다. 다행히 사람은 안 다쳤는데 피해가 컸다. 대구경북작가회의 자료와, 책으로 엮으려던 1930년대 작가 백신애에 관한 오래된 자료와 시월항쟁 자료가 불에 타서 없어졌다. 시집으로 나온 게 그나마 천운이랄까, 남도 아쉬워 죽겠는데 정작 본인은 무뚝뚝하게 한마디 했다.

"뭐, 어때요. 어떻게 할 수가 없잖아요."

가끔 비가 와서 공치는 날이나 복숭아 농사를 끝내고 한가하면 포항 바닷가에서 소주를 서너 병 마시고 (영천에서 포항은 엎어지면 코 닿을 곳에 있다) 후딱 일어서는데 권선희 시인한테 천 원만 가지고 나오란다. 열적어서 하는 말이다. 계산은 물론 자기가 하고, 세월이 많이 흘렀건만, 권 시인은 아직까지 천 원을 못 쓰고 있다.

이중기는 내륙 사람이다. 바닷가에 사는 후배가 어쩌다 들리면 빈손으로 가기 뭣해 멍게를 사 간다. 이중기가 고향 친구들에게 부탁한다.

"야, 니 멍게 딸 줄 아나?"

그걸 잘 아는 후배가 멍게 손질법을 알려주고 갔다. 걱정되어서 전화를 하면,

"문디, 암만해도 안 되는 거라. 그래 마 쌔리 짤라 묵었지 뭐."

일식집 칼판까지 올랐던 나는 아무것도 아닌 일이다. 문제는 손가락에 선명하게 남아 있는 흉터다. 하긴, 시인은 상처로 시를 쓰지만.

대구경북작가회의에서 처음으로 작가정신상을 제정했다. 첫 수상자가 상복 없는 이중기였다. 상금은 이백만 원이었다.

"살림살이도 그지 같은데 뭔 상금을 준다 그카노."

그래도 상인데 한잔 사라는 이종암 시인 청을 못 이기는 체 받아들여 순대 잘하는 집에 들어갔다. 한 잔 두 잔, 한 병 두 병, 꼴까닥 취했다. 결국 시상식에는 지각했고, 수상 소감은 음주로 했다. 상금 이백은 아무개 단체에 백, 나머지는 수년간 백신애문학제에 진 빚을 갚았다는 후문이었다. 뭐 비싼 순대와 술값과 맨손은 이중기 몫이었

다. 상이란 원래 그런 것이다.

앞서 얘기했지만, 이중기는 수줍음 많고 말이 없는 시인이다. 온종일 말이 없다. 겨우 일하는 부인에게 하는 말이,

"밥 묵으로 갑시다."

"한잔할라능교."

그게 전부다. 부드러움이 시를 낳는다. 그러나 사람 잘못된 것 앞에서는 물러서지 않는다. 바다를 바라보면서 술 마시고 있을 때였다. 어떤 사람이 큰 차를 떡하니 길 한복판에 세우고 술을 마시고 있었다. 물론 다른 횟집에서 항의해도 끄떡 안 했다. 나도 그런 적이 있다. 서산 동문동 살 때, 우리는 전세를 살았는데 동네가 재개발 붐이 일었다. 서산 양아치들이 돈 냄새를 맡고 꼬여 들었다. 그들은 컨테이너에 살다시피 했는데, 우두머리가 외제차를 가운데 턱 대놓고 우리가 먹는 물로 세차를 하고 있는 것 아닌가. 퇴근하는 아내보고 운전 못 한다고 퉁소리를 내뱉은 모양이었다. 피가 거꾸로 섰다. 적반하장이 따로 없구나. 처음에는 점잖게 말했다. 그는 젊은 놈이었고, 나보다 얼

굴 하나가 컸다. 구역을 나누는 철근을 빼내 들었다. 추리
닝으로 갈아입고 운동화 끈을 조였다. 싸움을 못하는 나
는, 저 녀석이 진짜 때리면 어떡하지, 아내 앞에서 망신낭
하면 어떡하지, 가슴이 콩당콩당했는데 다행히 그자가 꼬
리를 내려 싱겁게 끝난 일이 있었다. 이중기도 다른 집에
서 술 먹다가 하도 소란스러워 나왔던 모양이다. 어딜 가
나 그런 몹쓸 놈이 있다. 덩치 큰 놈에게 잘못을 꾸짖는 시
인의 얼굴이 선명하다. 불법 주차 문제는 경찰이 오고 일
단락되었다. 겁 없이 대든 이중기가 걱정되어 후배가 거들
었더니,

　"다 방법이 있지. 흐흐, 울면 되는 거여."

　지가 무슨 박남준이라고.

　영천 시월항쟁 얘기를 했다고 빨갱이 종북 시인은 아
니다. 등에 칼침을 맞는다든지, 밤길 조심하라는 훈수는
조폭이나 하는 말이다. 이중기는 로맨티스트다. 강정마을
해군기지 반대(최근 정부에서는 구상권을 철회했다. 늦은
결정이지만 환영한다. 갈가리 찢긴 마을 사람들 삶이 길
게 남았다. 이걸 어떻게 꿰매나) 투쟁 때문에 1번 국도를

걸을 때 얘기다. 나는 세종에서 여산까지 걸었다. 함께 걸었던 대구경북작가회의 동료들이 정읍에 와 있단다. 전에 전주 월드컵파에서 행동대장으로 진짜 조폭 생활을 했던 후배가 사장인 막창집이었다. 사장은 합이 9단을 넘는 무술인이다. 거기서 술 취한 이중기를 봤다. 눈이 풀풀 내리는 겨울이었다. 이중기는 4박 5일을 걷느라 무릎이 부었다. 소처럼 걸었나 보다. 나는 소처럼 먹는다. 무릎이 부어올라 더 이상 못 걷고 영천을 향하는데, 채석강 가는 표지판을 운전기사가 봤던 모양이다. 여기서 운전기사는 후배였고 시인이었다. 뒷좌석에는 강미정 시인이 앉아 있었다. 4박 5일 동안, 여인네들에게 어지간히 치일 만도 한데, 그새 발전했나.

"아, 쩌리로 새고 싶다." 농담처럼 말했더니,

"갑시다."

그 뒤로는 생략한다. 그 많은 빈 술병과 조개탕과, 붉은 노을이 푸른 노을로 변할 때까지 이중기 시인이 넋 놓고 봤던 서해를 얘기하고 싶지 않다. 바다를 바라보는 시인은 이린아이를 닮았다. 가끔 와라. 우렁각시가 있나. 농사일도 바쁜데 시집을 자주 낸다. 그 술에, 작품을 언제 쓰나. 하긴, 나도 장롱녀가 있다. 그이가 말하는 것을, 받아 적기 바쁘다. 자정을 알리는 시계가 뎅뎅 울리면 소복을 입은 여인네가 나온다. 은장도를 입에 물고 피를 흘린다.

"서방님, 어제는 제가 샤워할 동안 코를 골고 주무시데요. 오늘도 그러시면, 잘라버릴 거예요."

산발한 머리카락을 걷어 절대 얼굴을 안 보여준다. 이유가 있다.

"강남에서 하긴 했는데, 야매로 해서 부작용이 나타났어요."

한 시인은 고향을 책임진다는 말이 있다. 이중기가 그런 사람이다. 능금 농사를 작파하고 복숭아 농사를 짓는 사람, 백신애를 좋아하고 문학제를 치러낸 사람, 불타는 집에서 어떻게 원고를 빼 왔는지 시집 『시월』에 이어 『영천 아리랑』, 이번에 『어처구니는 나무를 만든다』를 내놓은 시인, 무엇보다 애증이 서린 영천을 사랑하는 시인 이중기, 이중기는 영천을 가족을 바라보는 심정으로 술 마신다. 이중기 시인은 영천 시월항쟁에 대해 지금까지 발언해왔다. 옛날을 얘기하는 것처럼 보이지만 현실을 얘기하고 있는 것이다. 우리, 일그러진 자화상이다. 시를 읽어보면, TK가 왜 이렇게 변했나. 알다가도 모르겠다. 세월이 흐르면 바뀔래나. 사람은 잘 변하지 않는다는데. 대구 시월항쟁에도 지대한 영향을 끼쳤을 게다. 잘 알려지지 않은 한국전쟁 이야기, 포로 이야기, 보도연맹 이야기, 빨치산 이야기, 우리가 모르는 역사 이야기, 대의에 따라 세상을 버린 사람들 이야기를 들려준다. 숨이 붙어 있는 한, 앞으로도 그렇게 살 것이다. 나는 지식이 얕아 영천, 대구 시월항쟁에 대해서 잘 모른다. 우리 역사에 대해 무지한 편이다. 다만 이중기 시집으로 조금 안다. 이 모두가 여든에 아들이 살고 있는 시드니로 살러 간다는 현종인 할아버지한테 이중기가 들은 말이다. 소주 한 잔을 아홉 번 나눠 마시는 할아버지를 앞에 두고 얼마나 갑갑하고 시원했을까. 농사를 지으면서 어떻게 긴 시간을 거쳐 채록했을까. 이런 일은 조선 기왓장 낭만이나 뜯고 있는 향토사연구회가 발 벗고 나서야 하지 않을까. 피와 땀으로 이룩한 영천 사람들을 이중기는 하나하나 호명했다. 경상북도는 양반의 고장이다. 우리나라에서 서원이 제일 많다. 양반, 양반이라고 하는데, 양반은 노비의 피와 땀을 빨아먹고 살아왔다. 그때 친일을 했던 양반들이, 대통령과 사이비 교주의 딸들이 나라를 말아먹었다. 세월호는 왜 침몰했는가. 아프게 묻고 싶다.

시인은 불의와 싸운다. 잘 갖춘 논리 정연한 세속과 싸운다. 아무 일 없이 지나가는 일상과 싸운다. 권위와 싸운다. 찌든 타성을 누구보다 못 참아 한다. 타협하지 않는다. 그것보다는 술로 죽은 친구, 노가다하는 친구, 농사짓는 친구, 한때 알코올 중독인 친구, 그 한복판에 이중기가 있다.

부끄럽다. 그가 말한 삶이 부끄러운 것처럼. 그저 서울에 줄 대지 않는 이중기 시인이 좋을 뿐이다. 학력은 물론(시인은 학력이 필요 없다), 어떻게 살아왔는지 모르지만, 나처럼 성격이 더럽지 않고 농사꾼처럼 살아왔기 때문이다. 표 안 내고 삶을 모시고 살아왔기 때문이다. 이중기의 시를 읽고 떠오른 알베르 카뮈의 말이 있다. 어제의 범죄를 벌하지 않는 것은 내일의 범죄에 용기를 주는 것과 똑같은 일이다.

스승 생각

J 선생이 작년 요때, 세상을 버렸다. 그렇게 쉽게 갈 줄 몰랐다. J 선생과 첫 만남은 우연이었다. 1984년이었던가, 나는, 군대에서 불명예 제대했다. 시골집에서 몇 달을 지내고 서울에 올라왔으나 갈 곳이 없었다. 신문팔이나 구두닦이는 지겨웠다. 돈벌이도 시원찮고, 아는 사람도 없었다. 할 수 없이 그리 친하지 않은 매형 소개로 일식집 주방에 들어갔다. 출세나 돈은 안중에 없었다. 오로지 공부를 해 시인이 되는 게, 꿈이었다. 식당 주방은 바빴다. 겨우 주방장이나 칼판이 쉬는 오후 2시에서 5시 사이가 짬이 났다. 화장실에서 본 신문 한 장이 운명을 바꿔 놨다. 오후 2

시에서 5시 사이 신문사 평생교육원에서 시 실기 지도를 한단다. 강사 이름도 안 보고 무조건 등록했다. 온종일 주방에서 환풍기 소리만 들어야 했던 청춘은, 속으로 환호작약했다. 그때 강사가 J 선생이었다.

배가 불룩한 중년이었다. 그렇게 유명한 시인인지 몰랐다. 강사에 대한 사전지식은 당연히 없었다. 곱슬머리는 가지런히 쓸어 올리고, 눈동자가 거만한, 중키의 수도권 남자였다. 긴 코와 얇은 입술, 그리고 꽤 잘생긴 귀를 가지고 있었다. 와이셔츠와 바지를 티 없이 다려 입고 택시를 즐겨 타는 J 선생은 줄 담배와 깊이를 알 수 없는 술로 시인 이미지에 걸맞은 행동을 했다.

J 선생은 자주 술자리를 만들었다. J 선생이라고 내가 마음에 들었겠나. 젊고, 일식집 주방에서 근무하는 특이한 이력으로 기억했을 것이다. 몇 번 우리 식당에 오기도 했다. 식당은 유명했다. 공영방송에서 권투 해설을 맡아 했던 사람, 탤런트, 영화배우, 코미디언, 근처에 회사를 둔 중년들, 한국기원 국수들이 단골손님이었다. 나는 그때 매운탕을 끓이고 그릇을 닦았다. 시간이 나면 홀에서 일하

는 하꼬비(운반자)들에게 실없는 농담을 툭툭 던졌다. J 선생은 대구 매운탕을 먹고 있었다. 카운터에 일하는 정양에게 내 월급에서 까라고 하고 세우튀김을 들고 나갔다. 명색이 스승 아닌가. 정종 몇 잔으로 불콰해진 스승이 한마디 했다. 시인보다 일식집을 차리면 어떠한가? 가끔 공짜로 대접을 받고 싶어 했다. 가오를 잡고 싶어 했다. 남자는 그런 마음이 있다. 나는 시인이 되고 싶었다. 식당 주방일은 지겨웠다. 새벽부터 밤늦게까지 너무 바쁘게 돌아갔다. 생선회를 위에 놓고 밑에 깔았던 무를 깎을 때는 무즙을, 남은 생선을 끓여 먹을 때는 국물을, 손님이 먹다 남긴 술을 어김없이 마셔 피부는 늘 뽀샤시했다. 뽀얀 살결에키 큰 청년은 겉으로 보기에 멀쩡했지만, 속은 무너졌다. 시를 쓰지 못하는 날이 많았기 때문이다.

신선놀음에 도끼자루 썩는 줄 모른다더니 술이 좋아시 창작 교실을 찾았던 세월도 저물었다. 도무지 시간을 낼 수 없었던 일식집을 그만둬, 매형을 실망하게 하더니 사촌이 운영하던 유통회사도 사기꾼인 게 판명 나서 그만두었다. 유리 공장이 있는 경기도로, 실리콘 공장으로, 빈

병을 모으는 일꾼으로, 경비로, 막노동으로, 식료품점 배달원으로, 시장 해물상회 점원으로 이리저리 뛰었지만 현실은 녹록지 않았다. 전과자가 갈 곳은 없었다. 굶주린 시간이 시가 될 리 없었다. 시를 생각할 때면 숨통이 틔었다. 동인들은 뭘 하나. 마음은 콩밭에 가 있었다.

페이로더, 지게차 스페어 기사 노릇도 싫증이 나면 습관처럼 서울에 들렀다. 혜화동에는 시집을 전문으로 다루는 독서실이 있었다. 거기서 사회도 보고, 온갖 거추장스러운 일은 다 했다. 최소한의 잠자리와 밥이 돌아왔다. 사실, 그때나 지금이나 문학은 배고픈 일자리였다. 월급이라니! 돈은 호사였다. 그 시절 사회를 잘 본다는 소문이 동인들 귀에 들어갔나 보다.

마침 J 선생은 대기업 홍보부장을 끝으로 타계한 선배의 뒤를 이어 월간지 주간으로 취임했다. 호사가들은 이사 면접에서 떨어졌다는 얘기를 했다. 나이 얘기도 했다. J 선생은 나를 불렀다. 갈 곳 없던 나는 못 이기는 체 갔다. 사무실은 인사동에 있었다. J 선생이 졸업한 대학교 앞에 하숙을 정한 나는 버스를 타고 출근을 했다. 대학교 앞에 하숙을 정한 이유는, 아침밥이 나오기 때문이었다. 혼자 점심을 때우는 날이 오면 카레나 콩나물 비빔밥을 자주 먹었다. 하숙비와 차비를 내고 나면 남는 게 별로 없었다. 술은 차고 넘쳤다. 저녁에 따라가면 대접을 받았다. 짧은 시간, 대한민국의 시인은 다 봤다. 과장이 아니다. 돌아가신 전 발행인 시절, 데뷔한 시인들이 헌책을 정리하고 있던 내게, 흠, 이제는 깡패까지 고용하는군, 책과 걸상을 넘어뜨리기도 했다. 호적에 뻘건 줄이 간 나는, 그들이 우스웠다. 애들 장난도 아니고, 이건 뭐 하자는 수작인가. J 선생은 전 발행인이 줄곧 고수한 전통을 깨부수기 시작했다. 법고창신 이랄까, 새로움을 원했다. 나는 안면홍조에 시달렸다.

　사무실은 미술관 2층에 있는 코딱지만 한 공간이었다. 그래도 월간지라 주간과 편집, 자잘한 일을 처리하는 나에게까지도 명함이 주어졌다. 나는 원고를 받아오고, 인쇄소를 쫓아 다니고, 출력 사무소를 들락거리고, 청소를 도맡아 하는 총무였다. 필자 카드를 만드는 것은 덤이었다.

J 선생 밑에서는 얼마 안 있었는데 별것을 다 봤다. 한국 문단 민낯을 모두 본 것이다. 원고료로 정기구독 이체하는 것은 고전적 수법이고, 문단에 나오거나 책을 새로 내는 사람은 보따리 보따리 싸왔다. 특히 줄과 빽이 없는 여자들이 그랬다. 젊고 인기 많은 작가들은 어깨에 힘이 들어갔다. 박남철 시인은 좋은 본보기다. J 선생이 월간지를 맡아 첫 번째로 한 일이 80년대 시인 특집이었다. 이성복, 황지우는 양반이었다. 항상 문제를 일으키는 박남철이지만 J 선생은 그 앞에 서면 고분고분했다. 까마득한 후배한테 깎아놓은 밤처럼 굴었다. 가방모찌인 내가 봐도 박남철은 선배에게 무례했다. 그럴 만한 인간인가. 아무리 똥통에 빠진 거라지만(지금은 소설가로 유명한 일간지 문화부 기자가 J 선생한테 말했다. 그래. 똥통에 빠졌다, 네가 도와준 적 있냐, 하면서 입에 거품을 문 사건이 있었다) 해도 해도 너무한 거 아니냐. 항의하는 나에게 박남철은 따귀를 때렸다. 벌집을 건드린 격이다. 그때 나는, 무서운 게 없었다. 난로를 엎었다. 죽여버리겠다고 큰소리쳤다. J 선생이 말리지 않았으면 진짜 죽였을 것이다. 죽은 기형도를

봤던 것도 그 무렵이다. 강남의 영화 시사회 자리였다. 그는 바바리 차림이었다. 뒤풀이에서 춤을 추던 소설가 K 선생 몸짓이 삼삼하다. 출판사를 운영하며 큰돈을 벌었던 장석주 시인을 찾아간 기억이 선명하다. 나하고 동갑이지만 문단에 훨씬 먼저 나온 여자 시인과 동행이었다. 양주를 마신 기억과 건물 한가운데 대나무가 서 있던 걸 떠올린다. 막 문단에 나와서 시운동 동인 활동을 하던 이문재가 말없이 앉아 술을 마시던 '평화 만들기' 구석 자리가 생각난다. 그때 유행했던 노래가 정태춘의 <북한강에서>였다. 한국일보 타임라이프에서 과장으로 근무하던 희석이 형이 대낮에 술 사오던 모습이 떠오른다. J 선생이 어젯밤 술자리에서 실수한 모양이다. 잘 해결이 됐는지 밥을 먹고 들어오는 모습이 볼고족족하다.

편집을 맡아 하던 주현 씨는 문학평론가와 결혼했다. J 선생과 친척이었다. 남편은 먼 바닷가에서 군 복무 중이었다. 제대한 지 얼마 안 되는 나는, 주현 씨를 바래다주었다. 그때 안국동에는 육교가 있었다. 주현 씨는 여자로 안 본 몇 사람 중 하나다. 야근을 밥 먹듯이 하는 그냥 동료였다. 주현 씨는 이대 나온 여자였다. 옆에서 수군거렸지만 개의치 않았다. 밥 먹고 바래다주는 일이 떳떳했기 때문이다. 면회를 가는 주말이면 진실로 축하해줬다. 세월이 많이 흘러, 늙은 지금까지, 문학평론가 남편과 주현 씨를 보면 먹먹한 게, 그때 의리로 만났기 때문이었다.

지금도 이해할 수 없는 부분이 J 선생에게 있었다. 다 지나간 일인데, 왜 그랬을까, 말이 총무지 온갖 허드렛일을 도맡아 하는 나에게. 고개를 갸우뚱하게 하는 일이 생각난다. 을지로에 있는 출력 사무실은 하루에도 몇 번씩 들르는 이무러운 장소다. 그날도 아무 생각 없이 원고 뭉치를 끼고 전철을 타려고 걸었다. 종로경찰서 앞에서 걸렸다. 죄명은 집회 시위 및 법률 위반이었다. 아무런 잘못이 없었다. 노란 봉투의 원고 뭉치를 보여줬다. 나 이런 사람이요, 명함을 보여줘도 소용이 없었다. 쿠데타로 집권한 군사정권이 발악할 때였다. 시내 도처에 시위가 일어났으나 나하고는 하등에 관련이 없었다. 역사에 무지했으며, 그냥 하루하루를 살아내기도 버거웠다. 벌건 대낮에 유치장에 갇히는 신세가 되었다. 오줌똥 냄새가 풍기는 익숙

한 공간이었다. 견딜 수가 없어, 아는 기자를 통해 J 선생에게 빼달라고 전화했다. 물론 공중전화였다. J 선생은 없었다. 있으면서 귀찮아서 안 받았을지 모른다. 주현 씨는 힘이 없었다. 전화 한 통화 하든지, 아니면 엎어지면 코 닿을 곳, 와서 신원보증 서서 데리고 나가든지, 무슨 조치를 취해야 되지 않겠나. J 선생에게는 연락이 없었다. 밤이 와서야 풀어줬다. 온종일 아무것도 못 먹고 냄새만 실컷 맡고 풀려났다. 그 이튿날도 J 선생은 아무 말이 없었다.

선생은 심심찮게 심사를 봤는데, 모 일간지 신춘문예 본심도 맡아놓고 봤다. 수상자를 쉽게 뽑을 때는 기분이 좋아 보였고, 작품이 마음에 안 들면 툴툴거렸다. 나를 앞에 두고, 차라리 우리 킹콩 작품을 수상작으로 뽑으면 낫겠다, 하면서 아쉬워했다. 한두 번이 아니다. 그때 나는 문청이었다. J 선생 힘이면 신춘문예는 그래도 권위 있는 잡지에 추천은 문제없었다. 단 한 번도 먼저 손 내민 적이 없었다. 그러면 말을 하지 말든가. 나는 빨간 얼굴을 식히며 필자 카드를 만지작거렸다.

J 선생은, 힘든 원고를 받아오거나 야간 일을 할 때,

나보고 우리 문단 역사를 쓰고 있다고 속삭였다. 계속 선생 밑에 있었으면, 문단 야사는 썼을 것이다. 그러나 데뷔는 멀고 험했다. 당장 돈이 부족했다. 사모님이 겨울 파카를 사준 게 생각난다. J 선생은 대기업에 들어가기 전, 고등학교에서 교편을 잡았다. 사모님은 J 선생 대학 선배로, 평생 교사 생활을 했는데 나를 또 하나의 아들로 생각했다. 선생의 아버지는 시골에서 큰 과수원을 경영했으며, 머슴 여럿을 두었으며, 평소 말을 타고 다닌, 부잣집 아들이었다. 출신 배경이 나하고는 안 어울렸다. 눈물에 밥을 말아 먹어본 적이 없었다. 그래서 짠가. J 선생 친형은 김영삼 계인데, 서울에서 국회의원 선거에서 두 번 떨어진 사실이 있다. 그만큼 돈이 많았다는 거다. 아, 또 있다. 1월 1일이면 가까운 사람들을 불러 술과 떡을 내놓았다. 미당을 비롯한 선배들에게 세배를 드리고 오는 건데, 나로선 얼굴이 붉어지는 노릇이었다. 세배가 끝나면 술과 안주를 내놨는데 그때만큼은 아끼지 않았다. 나는 시장을 봐온 다음에 공짜 술을 마음껏 마셨다.

참고 견디면 여러 가지 이점이 있는 월간지 총무를

그만두었다. 가끔 술집에서 만나면 아버지가 고생하고 있는데 너는 어디서 뭘 하고 사냐며 흰소리를 해댔다. 한 번도 아버지라 생각 안 했다. 있을 때, 잘하지.

막노동을 하는 고향 친구가 어찌 전화번호를 알고 찾아왔다. 고맙기 그지없었다. 그 길로 미련 없이 그만두었다. 친구 따라 강남 갔다는 얘기다. 술과 막노동이 훨씬 마음에 들었다. 몸은 힘들어도 자유가 주어졌기 때문이다. J 선생은 전화도 없이 무단결근한 제자를 용서하지 않았다. 동인들을 불러 저녁 먹는 것으로 끝이 났다. 희석이 형과 인쇄소 사장이 잘못했다고 빌란다. 나는 고개를 꼿꼿이 들었다. 말이 없는 주현 씨는 안타깝게 생각했다.

그러거나 말거나 막노동 세월은 흘러, 장님도 문고리 잡는 실력이 늘어, 결혼을 하게 됐다. 처가를 생각해 주례를 선임해야겠는데, J 선생 말고는 생각나는 사람이 하나도 없었다. 눈물을 머금고 아쉬운 소리를 했다. 한참을 고민하던 J 선생은 내, 제자는 마음에 안 들지만 김 선생을 위해 주례를 서다. 처음 본 아내 칭찬을 했다. 아니, 같은 값이면 신랑 편을 들어주면 안 되나, 뒤끝 작렬이군. 끝까지 도와주지 않는군. 나는 투덜거렸다. 결혼식은 당연히 처가에서 열렸다. 그쪽은 손님이 400명이 넘게 왔고, 우리 쪽은 28명 왔다. 아내 쪽은 장례식이었고, 신랑 쪽만 결혼식이었다. 선생이 주례를 섰으며, 희석이 형이 축시를 낭송했다. 얼마 안 되는 돈으로 조그만 식당에서 소주와 갈비탕을 한 그릇씩 먹었다. 선생은 나보고 기쁜 날이니, 화를 내지 말라고 간곡하게 당부했다. 나는 화를 낼 이유가 없었다. 그렇게 돈도 사람도 없는 결혼을 했다.

결혼하고 얼마 동안, 사이가 좋았다. 편지가 오갔으며, 아이 첫 돌 때는 옷을 사서 부치기도 했다. 신작 소시집에 내 작품 9편이 실리기도 했다. 원고료는 무료, 책을 부쳐 주는 것도 황감한 일이었다. 왜 멀어졌나. 목수 일을 할 때, 자주 안 찾아뵈어서 그랬나. 발전기금을 안 내놔서 그랬나. 모르겠다. J 선생은 나를 그냥 싫어했는지 모른다. 대답을 잘하는, 긍정하는 내가 싫은지 모른다. 이유 없이 싫은 사람이 있다. 선생은 내게 애증이 있었으리라. 내가 사는 곳을 딱 한 번 내려왔다. 그것도 여러 사람과 함께. 나를 보러 온 게 아니라 근처에 사는 지인을 만나러 온 것이다. 그래도 밥을 사고 술을 샀다. 사과는 짐이 될까 사지 않았다. 택배가 유행 안 할 무렵이었다. 돈을 주는 창작기금에 작품을 낸 적이 있다. 나는 보기 좋게 떨어졌다. J 선생이 심사위원장을 맡아봤다. 시인이면 누구나 아킬레스건인 그 많은 술자리 얘기는 빼겠다.

전해오는 얘기를 하겠다. 친구의 말에 의하면, 만나지 않은 시간에 나를 무서운 놈이라고 칭했다는데, 나는 무서운 사람이 아니다. J 선생은 왜 그렇게 말씀하셨을까? 그 많은 차이에도 이혼 안 하고 자식 낳고 살아온 내가 무섭다는 걸까? 아니면, 선생의 조력(?) 없이 홀로 문단에서 헤쳐온 이력을 표현하는 것일까? 야사를 쓰지 않아도 혼자가 좋다. 문학은 여러 가지 말을 하지만, 근본적으로 혼자 하는 것이다. 지금 내 나이가 J 선생 처음 만나 뵈었던 나이보다 많다. 세월이 그만큼 흐른 거다.

물어보고 싶었다. 그렇게 작품 좋다고 칭찬하더니 왜 추천해주지 않았나, 아버지라고 입버릇처럼 말하더니 왜 탈락시켰나, 할머니하고 종씨인데, 왜 전라도 사람을 백안시하나, 근본 없는 사람을 왜 감싸주지 않나. 어머니 돌아가실 적에, 왜 흔쾌하게 조의금을 못 내놓나, 왜 희석이형이 죽었을 때 안 왔는지, 후배가 먼저 죽어 가슴이 아팠나. 그렇게 아까운가, 그렇게 사람 보는 눈이 없는가. 왜 또래의 많은 사람들이 하나같이 J 선생이라면 고개를 홰홰 젓나. 사람이 아니라고 상대하지 말라고 했나. 어떻게 살아왔으면 그런 대우를 받나. 눈물 섞인 라면을 못 먹어봤나. 돌아가시면 무덤에서 물어보고 싶었다. 살아서 욕을 했지만, 화해하고 싶었다.

철들자 망령 난다고, J 선생은 틈을 주지 않았다. 추석 명절에 돌아가셨기 때문이었다. 캐나다에서 돌아가신 박상륭 선생 추모 글을 쓸 때 일이다. 조금 있다 J 선생 후배인 조정권 시인도 세상을 버렸다. 진이정도 가고, 기형도, 기형도의 죽음을 아까워했던 김현 선생님도 세상을 뜨고, 임영조와 김강태는 한 날 한 시에 가고, 김소진도 가고, 박영근, 박남철, 김지우도 가고 이문구, 박경리 선생님도 가시고, 최근에 황현산 선생님도 돌아가셨다. 아깝구나. 속으로 화해하고 술 한 잔 올리려고 했는데, 끝내, 그마저도 허락하지 않았다. 나는 부고 기사를 신문에서 봤다. 알았을 때는 이미 선산에 묻힌 다음이었다. 나보다 더 오래 사실 줄 알았는데, 허망하구나, 사랑도, 돈도, 명예도, 다 헛것이로구나. 항상 후회와 반성은 늦고 현실은 냉정하다. 땅을 치고 울어본들, J 선생은 돌아오지 않는다. 눈물이 말라 울 힘도 없다. 태어나면 언젠가는 반드시 죽는다. 그래도 쓸쓸하구나. 언제 J 선생이 묻힌, 선산에 한번 가봐야겠다.

3부

고통 앞에서 중립은 없다

길 위에서

허리가 삐뚤어진 사람과 살아도 마음이 삐뚤어진 사람과는 같이 살지 못한다.

희생자 304명을 생각하며 53일 동안 걸었다. 지도에 안 나오는 길까지 합쳐 850킬로미터는 넘을 것이다. 소금꽃 많이 피워 올렸다. 3년 전 세월호를 보고 멍하니 있었다. 작품도 못 하고 멍청이가 되었다. 다들 그랬을 것이다. 정신을 차려보니 2주기가 넘어 3주기를 향하고 있었다. 그래, 내가 잘하는 방식으로 추모를 하자. 나는 수영을 택했다. 3주기에 맞추어 인천에서 제주까지 바다 수영을 하는 거야. 아이들이 못 간 수학여행을 떠나보는 거야. 먼저 배를 가진 친구와 상의를 했다. 고민해보겠단다. 다음은 사무총장과 부회장에게 말했다. 모두 반대했다. 제일 심하게 반대한 사람은 제주도 사는 시인이었다. 유가족도 반대했다. 목숨을 걸지 않으면 아무것도 이루지 못한다. 친구 배에다 철망을 달고 헤엄치면 되겠지, 단순하게 생각했다. 친구는 말했다. 서해는 조수간만의 차이가 커 그냥 붙들고 있어도 견디기 힘들다는 것, 느린 수영을 위해 배가 세 척이나 따라와야 한다는 것, 무엇보다 돈이 많이 든다는 것. 깨끗하게 포기했다. 돈이란 마땅히 유가족들을 위해서 좋은 곳에 써야지.

　　하는 수 없어 걸었다. 몸은 적응하기 마련이다. 농담을 진담으로 알아듣는 분위기 속에서 걸었다. 순례가 좋은 점은 지면에 넘칠 정도다. 현지에서 길 안내를 도맡아 한 사람들, 무료로 밥을 주거나 잠깐 눈을 붙이게 해준 식당 주인들, 차를 멈추고 음료와 아이스크림, 목캔디, 박카스, 사탕, 찐빵, 얼음물, 커피를 준 사람들을 잊지 못한다. 밥과 잠자리를 제공했던 사람들은 하느님이다. 부처님이다. 도법 스님은 우리가 대접받으려고 온 게 아니라고 말씀하셨다. 맞는 말이다. 그러나 주지나 공양주 보살과 같은 분들은 평생 한 번 있는 일이다. 언제 텔레비전이나 신문에 나오는 종단 어른을 직접 본단 말인가. 그냥 평소 먹는 대로 거기다가 반찬 한두 개 더 없는다고 힘든 일이 아니다. 우리 순례단은 아무 곳에서나 잤다. 코 고는 소리를 자장가로 들었다. 이빨 가는 소리를 클래식 음악으로 들었다. 방언을 설교로 들었다. 도서관, 절, 교회, 펜션, 폐교된 학교 터, 마을회관, 체험관, 모정, 집, 텐트, 가리지 않았다. 무엇보다 걷는 행위는 자기 자신을 만나는 것이다. 올곧게 자연을 만나는 일이다. 바다를 보고 걸었다. 하늘을 보고 걸었다. 나무와 풀을 보고 걸었다. 밭과 논을 보면서 걸었다. 바람과 안개와 비를 맞고 걸었다. 길은 잘한 일과 잘못된 행동을 기억한다. 길은 자신과 하는 대화다. 무수히 많은 자신과 대면한다. 무엇보다 길은 사람을 겸손하게 만든다. 우리는 먼저 간 아이들을 생각하며 걸었다. 죽음을 생각하며 걸었다. 다시 살아나는 생명을 기억하며 걸었다. 몸에 좋은 약은 원래 쓴 법이지만.

아쉬운 부분을 지적하겠다. 먼지 같은 말의 반복이

다. 물론 안전이 최고다. 만약 사고라도 난다면 순례에 지장이 있다. 피해자는 말할 필요도 없고, 가해자도 시간과 돈, 많이 들어간다. 차가 많이 다니는 도시 길은 엄격하게 통제하고 자동차가 못 다니는 길과 모래사장은 자유롭게 놔두면 안 될까? 좋은 일에 마가 끼면 안 된다. 같은 노래, 같은 시 낭송, 같은 조끼 디자인(우리는 키가 크거나 작으나, 몸집이 있으나 없으나, 여자나 남자나 똑같은 크기의 노란 조끼를 입었다. 나는 여기서 다리가 길면 자르고, 짧으면 늘이는 무슨 침대를 연상했는데……) 설명, 똑같은 의식이 반복됐다. 그것을 지적하자 집행부는 새로운 사람이 합류하면 어쩔 수 없단다. 우리가 걷기 전에 중학생들이 40일 넘게 걸었는데 똑같은 말을 해도 아무런 저항이 없었단다. 그것은 참고 견딘 거지, 이의를 제기하지 않았던 건 아니다. 고분고분하라고? 착하게 행동하라고? 참고, 말 잘 듣는 바람에 이런 큰 비극이 일어난 아이러니를 어떻게 설명해야 할까. 안전을 위해, 같은 말도 새롭게, 얼마든지 재미있게 할 수 있다. 말은 그 사람의 세계관이다. 왜 주례사 하면 갈비탕이 생각나고, 교장이 훈화하면 학생들이 쓰러지는가. 그것은 좋은 말만 골라 하기 때문이다. 남이 하는 말을 흉내 내기 때문이다. 주례사와 교장 훈화는 감동을 주지 못한다. 영혼이 없는 말은 길고 지루하다. 순례길에서 나치와 아베, 박근혜와 부역자처럼 똑같이 말하는 것을 본다. 내일, 모레가 환갑인 어른들은 (젊은 사람이라 할지라도) 정의가 사라진 군대 갔다 온 지 오래인데, 부당한 억압과 통제를 받았다. 오호, 통재라! 벽창호에게 귀를 뚫고, 소귀에 경을 읽어야 한다. 실소를 자아내게 했던 것은, 하루 일과가 끝나고 나면 "사랑합니다" 한다. "사랑합니다 고객님!"이 떠올라 쓴웃음이 나왔다. 뭘 사랑한다는 거냐. 그렇게 형식적이고 진부하다. 한마디로 진정성이 없다(나는 그런 집행부의 간섭이 마음에 안 들어서 순례를 그만둘까 생각했다. 이틀 동안 따로 걷기도 했다).

두 번째는, 날마다 하는 회의와 묵상이다. 회의하다 참을 수 없이 회의가 든다. 참외 먹고 참회하기 바란다. 진행 팀장이나 각 선생들이 사회자를 뽑는데, 사회자가 전권을 행사한다. 사회자는 진행을 매끄럽게 하기 위해 존재한다. 월권을 하면 안 된다. 사회자를 누가 뽑았나. 말을 끊으면 안 된다. 다 들어 보고 이게 아니다 싶으면 다른 의견을 제시하면 그만이다. 더군다나 주제에 어긋나는 것도 아니고 시간을 잡아먹는 것도 아닌데 자기의 의견이 다르다고 묵살하면 민주사회가 아니다. 이건 좋은 일이니 너희들은 무조건 따라오라? 순례단 개인 의견을 무시하면 독재가 된다. 우리는 독재사회를 너무 많이 경험해왔다. 순례를 어떻게 하면 잘할 수 있나 하는 자리다. 거기에 따른 의견을 무시하면 누가 좋은 의견을 제시하겠나. 반성과 성찰은 각자 알아서 한다. 순례 사회자가 뒤풀이 사회까지 도맡아 본 일은, 뭐 하자는 수작인가.

세 번째는, 오는 사람들을(작가회의 회원들을 포함한) 대하는 태도다. 순례에서 1박 2일, 2박 3일, 3박 4일 걷는 사람들이 많다. 그들은 대부분 직장을 다니거나 부모가 아이들을 데리고 온다. 참 고마운 분들인데, 보이지 않는 장벽이 있다. 상근(이런 표현이 있다면)순례를 하는 우리들에 비해 손님 대접을 받는다. 나는 이런 분들이 진정한 의미에서 주인이라 생각한다. 느낀 소감도, 시 낭송도, 좋은 말씀도, 노래도 이분들이 하시게 했으면 좋았으리라.

우리는 맨 마지막에, 오는 분들이 수줍어서 안 하면 그때 하면 된다. 주인의식을 심어주지 않으면, 많은 사람이 참여하지 않으면 쓸데없는 길이 되고 말리라.

네 번째는, 길에 대한 생각이다. 최근 제주 올레와 비슷한 길을 전국 지자체마다 만들었지만, 성공한 사례는 드물다. 늙은, 농사짓는 사람 입장에서 보면, 돈 걱정 없고 시간 많은, 한량들이나 산천경개 구경하며 걷는 것이다. 지리산 둘레길도 마찬가지다. 통합 기행이나 체험학습 하는 학생들 외엔 걷는 사람을 보기 힘들다. 생명평화결사 팀들은 인천에서 팽목까지 한국의 산티아고 길을 만든다고 했다. 좋은 생각이다. 전적으로 공감한다. 우리가 제일 많이 잔 곳이 마을회관인데, 국민들 세금으로 지은 거다. 넓은 곳도 있고 좁은 곳도 있다. 새로 지은 회관도 있고 낡은 회관도 있다. 우리 돈으로 지은 곳이지만, 공짜로 이용한다는 우려가 있다. 공짜도 좋지만 최소한의 돈을 받으면 어떨까. 먹는 문제와 청소는 물론 순례자가 책임진다. 자존심을 위해 하는 말이다. 서산 태안 해변 길과 변산 마실 길은 우리나라에서 손꼽히는 아름다운 길이었다. 변산 마실 길은 원래 바다를 향해 철조망이 쳐 있고 초병이 경계근무를 서는 곳이었다. 대부분 아름다운 길은 일반인들이 접근하기 어려운 군사철조망이었다. 우리 품에 오기까지, 길은 얼마나 오래 아파했던가. 아프지 않은 아름다움이 어디 있을까. 죽음이 그것을 증명한다. 그 외의 길은 아스팔트와 시멘트 포장길, 방조제가 대부분이었다. 차가 위협하는 도시는 걷기 힘들었다. 지금은 멈춰 선, 수인선 협궤열차가 오고 간 철로를 사람이 걸을 수 있게 만든 안산시가 유일한 대안이 된다고 할까. 아무리 산티아고 길을 만든다고 하지만 다 걸을 수는 없다. 다 걸을 수 없다면 위에서 말한 아름다운 길을 짧은 시간에 걸을 수 있다. 그 길을 완주한 개인과 가족들에게는 메달을 걸어 준달지, 복권처럼 뽑아 전통시장에서 마음껏 쓸 수 있는 상품권을 줬으면 좋겠다. 또한 화장실과 휴게소가 없었다. 급하면 남자들은 노상 방뇨 한다지만 여자들은 어쩌란 말이냐. 큰일을 볼 때는? 다음은 쉼터다. 아무 생각 없이 바다를 바라보고 그냥 앉아 있을 수 있다. 순례길에 의자가 없다. 화장실과 의자를 친환경적으로 만들고 그 유지와 보수는 이장이나 마을 발전위원장이 맡으면 어떨까. 물론 보수는 나라에서 주면 된다. 노인 일자리 창출에 도움이 될 것이다.

다섯 번째는 반대하는 사람을 어떻게 설득하느냐는 문제다. 어디라 말하기는 그렇지만, 우리가 걸을 때 가뭄이 심하게 들었다. 편의점에 앉아 있는 젊은 사람 여럿이 시비를 걸어왔다. 우리 때문에 가뭄이 들었으니 빨리 꺼져달란다. 우리 팀에 여든두 살 어르신도 계신다. 반말을 찍찍(쥐새끼 닮았다)하는 녀석이 마음에 안 들고, 나도 한 성질 하는 놈이라 박살 내려다 옆 동료가 말려서 접은 적이 있다. 겨울에 걸을 때도 한 사람이 있었다. 걷는 사람이 자기 집에 와서 점심을 먹으란다. 아시다시피 걸으면서 주위 분들에게 피해를 적게 끼치는 걸 원칙으로 하고 있다. 하도 간절하게 얘기해서 갔다. '평화와 통일을 사랑하는 사람들' 회원이 운영하는 어린이집이고, 메뉴는 떡국에 김치다. 이 소박한 음식이 하늘에서 내리신 밥상인 줄 모르는 사람이 없을 것이다. 어린이들 재롱까지 잘 대접받고 나오는데, 초로의 사내가 조미료를 친다. 종북이니 빨갱이니(아직도 그 나물에 그 반찬이니?) 막말을 지껄인다. 아니, 무슨 피해를 주었다고……. 음식 대접받고 어린이들 재롱잔치 보고 나온 게 전부다. 분풀이 대상을 찾고 있는데 우리가 딱 걸린 거다. 시간을 가지고 고민해야 할 문제다.

마지막으로는 도법 스님께 너무 의지한다는 것이다. 스님은 훌륭한 분이다. 사욕을 부린 적이 한 번도 없다. 그러나 스님 이후를 생각 안 할 수가 없다. 더군다나 한국의 산티아고 길을 만든다고 공언하지 않았나. 그 많은 음식과 잠자리와 후원금은 어디서 나왔나. 장담하건대, 스님이 안 계시면 이 모든 것이 공염불이 된다는 사실이다. 스님이 안 계셔도 순례길은 영원하다는 것을 보여줘야 한다. 그러려면 사회의 동의가 필요하다. 유가족들이, 학생들이, 노동자들이 스스럼없이 걷고, 치유하면서 누구나 함께 걸을 수 있는 길을 만들어야 한다.

몇 년 전에, 한국작가회의에서 임진각을 출발하여 제주 강정마을까지 걸었던 적이 있다. 해군기지를 반대하며 1번 국도를 걸었던 우리는 한 번도 회의를 한 적이 없다. 겨울, 1번 국도는 위험해서 일렬로 걸을 수밖에 없었고 추워서 침묵할 수밖에 없었다. 새참을 위해 간식을 준비한 회원이 있으면 쉬고, 배가 고프면 아무 식당이나 들어가 밥을 먹고 해가 떨어지면 여관에서 잤다. 아침 몇 시, 어디에서 출발한다는 말이 전부다. 지금과는 약간 성격이 다르지만 걷는 것은 똑같다.

먼 길을 가는 것도 힘든데, 잘 모르는 사람이 한 수 가르쳐 주겠다는데 할 말을 잃었다. 반성은 왜 날마다 강요하나(삶에 대한 반성은 늘 한다). 학생들도 분노하는데 어른들은 말해 무엇 하나. 짜증을 넘어 분노가 인다. 말을 반복한다는 것은 무지에서 온다. 무지는 침묵하거나 배우면 조금씩 나아질 테지만, 평생 언어를 공부한 시인을 능멸하는 것이다. 노래도 마찬가지다. 꼭 민중가요(?)를 불러야 성이 차나. 실상사 작은 학교에서 온 학생이(학생들도 많이 동참했다. 변산 공동체, 괴산 느티울 행복한 학교, 광주 날다) 답이다. 흥겨운 트로트를 불렀다. 노래방에서 <임을 위한 행진곡>을 불러 젖힌 격이다(노래방 안 간 지 까마득하다. 소리 내어 울어본 적이 언제였던가. 하긴, 늘 울었다. 속으로 울면서 살아왔다). <임을 위한 행진곡>은 뛰어난 노래다. 누구도 부인하지 않는다. 인천 연안부두에서 팽목항까지는 먼 거리다. 슬픔은(슬픔은 남은 자의 몫이다) 가슴속에 새기고 웃으면서 걸어도 부족한 길이다. 일렬로 걷는 것, 침묵하는 것, 설명 안 해도 안다. 이번 4·16 희망 순례는 너무 진지해서 탈이다. 진지는 밥을 높여 부르는 말이다. 물, 많이, 먹었다.

덧붙이는 말

2017년 8월 16일 문 대통령은 유가족을 청와대로 초대하여 사과하고 위로했다. 이제 시작이다. 정부는 마땅히 그래야 한다. 9월 24, 25일은 조은화, 허다윤 양의 이별식이 있었다. 참석한 모든 분들이 울었다. 선체 수색은 10월까지 이어진다. 나머지 다섯 분들도 빠른 시일 안에 돌아오시길 빈다. 304명의 목숨을 앗아간 세월호 참사는 4·16연대, 4·16가족협의회, 일반인 희생자 유가족, 단원고 희생자 유가족, 미수습자 가족으로 구성되어 있다. 그리고 희생자들은 8개의 시설에 모신 것으로 안다. 나는 평범한 시인으로 2주기 때, 서울시청 잔디광장에서 추모시 낭송을 했다. 광화문에서 동조 단식을 하고 청와대 앞을 들렀다. 인천 일반인 희생자 가족을 만나 분향소에서 향을 피우고, 팽목항과 목포 신항을 몇 번 다녀왔다. 광장에는 겨울을 합쳐, 수십 번 나갔다. 나는 희생자와 가족을 잘 알지 못한다. 아무런 연관이 없다. 그저 아이 가진 부모 입장으로 함께 아파하고 울었다. 많은 부모들이 그러했으리라.

바라는 마음을 말해 보겠다. 다섯으로 나뉜 단체를 하나로 통일할 수 없나? 물론, 미수습자가 아직 다 못 올라오셨다. 유골보다 가벼운 뼈과 찌그러진 자동차와 철근이 많이 올라왔다. 어떤 단체는 다른 단체를 법정에 고소해 집행유예까지 나왔다고 한다. 유가족들 개인이 만나면 사이가 좋은데 왜 여러 사람이 만나면 분란이 일어날까. 자주 만나길 진정으로 바란다. 사람이 그렇게나 많이 돌아가셨는데 무슨 기득권을 따지나? 어떻게 있지도 않은 말을 할 수 있나? 흩어져 있는 분들을 한군데로 모실 수 없나? 세금은 모아 이런 데 안 쓰고 어디에다 쓰는가? 정권도 바뀌었는데 국가가 나서면 안 될 일이 어디 있나? 두고 두고 아쉬운 대목이다. 안산에서는 정부 합동 분향소, 기억 교실, 단원고를 들렀다. 유가족들은 생각보다 씩씩했다. 다만, 단원고를 방문했을 때, 안타까웠다. 우리는 조용히 학교만 둘러보고 나오자고 의견을 모았다. 후배 학생들의 학습권 침해도 생각했다. 마침 쉬는 시간이었고, 운동장에서는 공을 가지고 노는 학생들은 티 없이 맑았다. 조끼를 본 아이들이 인사를 했다. 우리도 고개를 숙였다. 그런데 학교 관계자가 나와 연락도 없이 왔으니 어서 나가라는 것이다. 그 사람은 줄무늬 양복을 입고 바지 주머니에 손을 넣고 있었다. 유가족 한 분이 몸부림을 쳤다. 슬픔은 숨겨두면 엉뚱한 데서 툭 튀어나온다. 유가족들이 못 올데를 왔는가? 교장과 교감이 나와서, 약속을 안 잡고 오셔서 대접이 이렇습니다, 하고 겸손했으면.

지나가는 말인데, 만약 다음에 오는 순례자가 조끼를 입는다면, 디자인에 대해서 입이 마르도록 칭찬할 게 아니라(하루에도 몇 번, 조끼 이야기를 했다) 입기 편했으면 좋겠다. 상 중 하로 나누고, 여자 남자 옷을 따로 제작하면 어떨까. 아이들을 위해 조끼를 디자인한 교수는 끝내 나타나지 않았다. 나는 솔직히 조끼를 보고 아무런 감동을 못 받았다. 입에 거품을 물고 설명한, 공교롭게도 세월호가 떠오른 날 영감을 받아 디자인했다는 조끼 '푸렁이', 나는 입을 때마다 불편했을 뿐이다. 마지막 날, 행사할 때, 교수는 떡을 내놓았다. 그 마음도 훌륭하지만, 하루나 한나절 걸렸으면, 그것도 힘들다면 학생들하고 밥 한 끼라도 나눠 먹었으면. 그렇게 바쁜가?

우리가 목포 신항 미수습자 가족 어머니 두 분을 만난 것은 여름 장마가 한창일 때였다. 좁은 컨테이너는 에어컨을 틀었는데도 더웠다. 두 분 어머니는 서럽게 말씀하셨다. 우리 순례단 일행은 울었다. 덧붙여 학생들에게 인천에서 여기까지 걷느라 고생했다고 한 말씀 하셨으면 더 모양이 좋았을 것을. 거기까지는 여유가 없었을 거다. 백번, 참척의 마음을 이해한다. 우리와 함께한 중고생들이 많았다. 어른들은 아이들한테 석고대죄해야 한다. 가시밭길 걷는 게 당연하다. 어른들이 잘못해서 이런 큰 참사를 불러 왔다. 용서할 수 없는 어른들이 아직 살아서 떵떵거린다. 우리는 친일을 청산하지 못해서 평생을 속죄하고 살아도 부속한 사람늘이 큰소리를 치고 있어도 그냥 봐준다. 봐주지 말자. 이번 기회에 우리 사회 곳곳에 남아 있는 적폐를 청산하자.

　몇 번 강조하지만, 우리는 그냥 걸었을 뿐이다. 슬픈 이유는 각자 가슴속에 묻어두고 걸었다. 한국작가회의는 이번 순례 기간에 세 번, 문화제를 열었다. 보령 문화의 전당, 변산 공동체, 목포 신항에서다. 김관홍 잠수사의 외로운 동상이 지키고 있는 기억의 숲은 나중에 얘기하자(우리는 돌탑을 쌓았다). 걸으면서 다짐한 게 아이들 죽음을 헛되이 하지 말자, 잊지 않고 기억하는 것을 뛰어넘어, 참되고 값지게 하는 일은 무엇일까 고민했다(팽목항에다 억울하게 희생된 아이들 조각상을 세우면 어떨까? 조각가는 재료비만 주면 작업한다고 했다. 작가회의 차원에서 모금하자, 이렇게 말했지만 보류된 것으로 알고 있다. 그사이, 문재인 정권도 들어섰고). 문화제도 그 바탕에서 출발한다. 당연히 추모시 낭송, 추모 음악, 추모 공연이 주를 이룬다. 목포 신항에서 있었던 일이다. 문화제가 끝나고 마악 숙소로 향하고 있었다. 미수습자 가족 어머니 한 분이 헐레벌떡 뛰어 오셨다. 여기가 어딘데 북 치고 장구치고 노느냐고 한 말씀 하셨다. 진도 씻김굿, 남도 액막이굿에 대해서 간절하게 설명해도 못 알아들으셨다. 문화제가 생각보다 늦게 끝났다. 미수습자 가족들이 잠이 오겠나. 누워 있다가 장구 소리에 놀라 나오셨단다. 사전에 가족 여러분께 양해를 구했음은 물론이다. 7시에 시작한 행사가 한 시간 조금 넘어서 끝났다. 시간을 넘긴 주최측도 할 말 없지만, 여기서 다시 해명한다. 작가회의는 결코 노는 단체가 아니다. 그날 저녁 놀지 않았다. 참석했던 분들이 알 것이다. 우리 나름대로 최선을 다해 추모했을 따름이다. 오죽 마음이 아팠으면 이러겠나. 희생자 가족들은 피눈물을 흘려왔다. 간장이 끊어지는 아픔을 겪어오신 분들이다. 섭섭하지만 역지사지하는 마음을 갖도록 하자. 남의 아픔을 내 아픔으로 느끼는 것, 그것이 치유의 첫걸음이다. 소주는 달고 인생은 쓰다.

고통 앞에서 중립은 없다

우리 동네 이장은 북한이 고향이다. 이장하고 한 침대를 쓰는 부인은 서울 사람이다. 박근혜하고 친구란다 (안 봐서 모른다). 자기 남편이 동네 사람과 자주 싸우는 것도(이장이 전화 한 통 하면 조폭 아우들이 마을을 쓸어 버린다고 겁박을 한다. 아니, 노인들만 남은 조그만 마을에 깡패까지 동원한다?), 적을 많이 만드는 일도 전 대통령과 닮았다. 한마디로 불통 이장인 것이다. 남편이 이장을 맡기 전까지 13년 동안, 단 한 번도 회관에 나오지 않은 사람이었다. 마을 대소사에 참여하지 않았다. 박근혜는 이 사람을 기억이나 할까.

헌재에서 대통령이 탄핵당했을 때, 정치인들이 한마디씩 얘기했다. 화합이니 소통이니, 이제 하나가 될 때가 되었다고 말이다. 이미 네 명이 죽어나갔고, 또 많은 사람들이 사경을 헤매고 있다. 그런데도 방을 빼지 않고 그를 위한 집회에서 사람이 죽어나가는데 한마디도 하지 않는다. 겨우 둘러댄 이유가 도배와 장판, 보일러를 얘기한다. 헬기 날아다니는 것이 두려워 일요일 밤에 옛집으로 옮겼다. 삼성동과 삼성은 공교롭게 닮았다. 인두겁을 쓰고 어찌 이런 상황까지 만든단 말인가.

나는 글 쓰는 사람이다. 절대로 화합 못한다. 포용하거나 소통할 생각이 없다. 어떻게 전직 대통령과 화해하나. 국무총리나 집권당 대표(지금은 없어진), 친박 국회의원, 비서실장, 경호실장, 일당벌이 관변단체, 재벌 회장하고 상생할 생각 전혀 없다. 보안 손님이나 주사 아줌마, 기치료사, 운동 선생은 죽을 때까지 용서하지 않을 것이다. 나도 할아버지 소리 듣지만, 아스팔트 할배나 할매를 이해하기 싫다. 연정이나 대통합을 들먹이는 사람은 정치인이거나 다음 대통령을 염두에 둔 분들이나. 진실하지 않은

데 무슨 용서냐. 인간은 여러 다양한 생각을 표출한다. 잘 변화하지 않는다. 변화하길 싫어한다. 전직 대통령과 부역자들은 그 길로 가고, 나는 내 길을 가면 그만이다. 생각이 다른 게 아니라 나쁜 것이다. 나쁜 습관은 반성하며 고쳐야 산다.

탄핵 사유가 안 된 것 가운데 하나가 세월호 대참사다. 다른 사유보다 세월호 참사는 인용될 줄 알았다. 이정미 재판관의 헤어 롤과 박근혜의 올림머리를 비교해보라. 절박한 세월호 일곱 시간을 검찰 조서 검토하듯 꼼꼼하게 챙겼더라면 아이들은 죽지 않았을 것이다. 생때같은 아이들이 차디찬 바닷속에서 고통스럽게 몸부림칠 때 무력했던 부모들은 죽어도 잊지 못한다. 돌아가신 탁월한 문학비평가 김현 선생이, 기형도가 스물아홉 살로 죽었을 때 한 말씀 하셨다. 그 죽음을, 그가 기억하는 사람이 살아 있을 때는, 죽은 사람도 아직 죽지 않았다는 것이다. 쉽게 얘기하자면 죽은 사람을 기억하는 사람이 살아 있다면, 죽은 사람도 여전히 살아 있다는 것이다. 죽은 사람을 기억하는 사람이 죽었을 때, 그제서야 죽은 사람도 온전히 죽는다는 것이다. 부모는 자식이 먼저 죽으면 가슴에 묻는다. 기억은 그만큼 힘이 세다. 사람의 생명은 그 무엇보다 앞선다. 성실은 추상적인 개념이라고? 2014년 4월 16일 아침, 급박한 순간 본관에 출근 안 하고 태연하게 관저에 머문 행태는 어떻게 해석해야 하나. 그러고도 웃음이 나오나. 청와대가 이렇게까지 썩어 있는 줄 몰랐다. 오죽하면, 이진성, 김이수 재판관이 의견을 냈을 정도다. 하늘의 뜻에 따라 수명을 채운 동네 어르신들도 삼년상을 치른다. 하물며 자식을 앞세운 부모들의 마음을 헤아려봐라. 참척의 아픈 사람들 앞에 이건 도리가 아니다.

지난해 늦가을부터 올 3월 둘째 주까지, 광화문에 올라갔다. 수술 뒤엔 아픈 몸을 이끌고 갔다. 한겨울엔 핫팩과 담요를 준비했어도 추웠다. 일부러 동상 옆으로는 가지 않았다. 아는 사람들을 만나고 싶지 않아서였다. 그런데도 청와대 앞에서 화가를 만나고 사진가를 만나고 건널목에서는 기자를, 잔디광장에서 시인을, 소설 쓰는 후배를 만났으며, 목사와 오랜만에 해후했다. 교육감 부부를 만나기도 했다. 꽃으로 성공한, 신지식인으로 선정되어 상을 탄 고향 동창은 모르는 척했다. 힘들게 시골에서 올라온 독거노인 소리를 듣기도 했다. 만나지 않으려고 피하면 더 만나게 되는 삶의 아이러니. 진정한 봄은 아직 멀었다.

친구가 서장 하다가 지방청 보안과장으로 갔다. 친구가 서장으로 오자, 맨 먼저 음주운전과 안전띠 얘기가 나왔다. 이건 서장하고 아무 상관이 없는 얘기다. 법과 원칙 문제다. 불알친구가 서장으로 왔으니 음주운전이나 사소한 벌칙은 봐주겠지 하는 동창들 마음이었나 보다. 나는 한 번도 찾아가지 않았다. 내 동창 중에는 왜 안 찾아가나, 항의하다, 제풀에 먼저 전화를 끊은 놈이 있다. 나는 자존심 하나로 살아가는 사람이다. 누구를 찾아간단 말인가. 그가 법과 원칙에 따라 국민의 심부름을 잘하나 감시하면 끝이다. 작품을 쓰는 사람은 높은 지위(?)에 있는 사람과 가까이하면 안 된다. 왜 공무원과 친하게 지낸단 말인가. 그건 정치인들에게 맡기면 된다. 정치를 하려면 악수를 잘해야 한다. 예술을 잘 못하는 사람이 그것을 채우려고 서장이나 군수, 도지사를 이용한다. 대통령을 이용한다. 최순실 같은 인간이다. 사기꾼의 전형이다. 그리고 그들은 내가 안 만나도 잘나가는 사람들이다. 내가 만나야 할 친구는 막노동을 하거나 지체 장애를 가진 약자들이다. 내가 없으면 약간 불편한, 못 나가는 친구들이다. 글 쓰는 사람이 잘난 게 뭐 있냐. 항상 마지막에 가라앉은 존재가 시인이다.

대통령은 국가 최고 원수다. 공무원들 가운데 가장 높은 봉급을 주고 권한을 위임했다. 그 대통령이 불법을 저질렀다. 임명한 것도 우리고 끌어내리는 것도 우리다. 이건 평범한 사실이다. 어쩌다보니 블랙리스트에 세 건이나 올라가게 되었다. 살아가면서 올바른 길이라고 생각했기에 서명한 것이다. 누구는 한 번만 올라가도 영광이라는데, 나에게는 치욕이다. 영광은 최소한 부역자들의 재판에서 사형 정도는 언도받아야 할 만한 말이다. 블랙리스트에 이름을 올렸다고 해서 안 죽는다. 그런데 영광이라고? 내 이름이 나올 때마다 능멸당하는 느낌을 지울 수 없다.

촛불이 승리했다고 한다. 백번 맞는 말이다. 그런데도 쓸쓸하다. 우리는 원래 있어야 할 그 자리로 되돌린 것뿐이다. 원래부터 이랬어야 했나. 뭐가 이겼냐는 말인가. 누가 누구를 이겼다는 말인가. 그냥 상식에 맞게 되돌린 것뿐이다. 상식에 맞는 일이 이렇게 어려울 줄 예전에 미처 몰랐다. 법은 만인 앞에 평등하다고? 유전무죄, 무전유죄란 외침은 왜 나왔나.

사람들이 나를 좌파라고 부른다. 북한을 대놓고 비판해도 종북이라고 한다. 삼부자와 강성군부를 욕해도 빨갱이라고 부른다. 힘없는 북한 주민들이나 꽃제비를 볼 때 한심스럽다. 그래서 금강산이나 백두산, 개성공단을 빨리 열어야 북한 주민들의 삶이 조금이라도 펴지지 않을까 노심초사한다. 이런 말을 하는 사람이 종북이라면 대한민국에서 종북 아닌 사람이 몇 명이나 될까.

친박 단체 시위에서 일장기나 성조기를 들 게 아니라 고민을 먼저 해보라 얘기다. 아베의 극우 행보나 트럼프는 비판 안 하면서 야당이나 우리 국민을 욕한다. 그렇게 좋으면 일본이나 미국 사람 똥구멍을 빨던지, 이민 가서 살지 그러냐. 계엄령 선포라니? 꼭 계엄령 밑에서 안 살아본 사람처럼 행동한다. 얼마나 많은 고문을 받아야 얼마나 많은 사람들이 죽어나가야 정신 차릴까. 우리는 아직도 친일이나 친미 역사를 청산하지 못했다. 왜 사드 설치 때문에 중국이나 러시아가 반대하는지, 왜 무역보복을 하는지, 왜 관광까지 위협하는지, 온종일 종편만 봐서는 알 수가 없다. 1년 내내 책 한 권 제대로 안 읽고, 1년 내내 신문 한 쪼가리 안 읽는 사람에게 무슨 비판 정신이 생길까. 그렇게 늙으면 안 된다. 그렇게 무의미하게 시간을 보내면 안 된다. 그러면서 어른 대접받길 원하면 허풍으로 나이를 먹은 거다. 모두 세상을 읽을 순 없다. 그럼 생산에 관여해보라. 거름을 내고 텃밭을 가꾸고 나무를 키워보라.

하긴, 가해자들은 피해자들을 조금도 이해 못한다. 나치스나 파시스트, 군국주의자들은 아우슈비츠를 이해 못한다. 홀로코스트를 모른다. 히틀러나 무솔리니, 아베는 프리모 레비, 엘리 위젤, 즈텐카 판틀로바, 한나 아렌트나 빅터 프랑클, 장 아메리, 로버트 위스트리치, 안네 프랑크, 프란츠 파농, 파울 첼란, 한스, 소피 숄 남매, 서승, 서준식, 서경식 삼 형제를 이해 못한다. 케테 콜비츠나 펠릭스 누스바움의 화풍을 모른다. 홍성담이나 임옥상, 신학철, 박재동을 이해 못한다. 윤이상을 모른다. 박정만, 한수산을 이해 못한다.

어떻게 보도연맹, 인혁당, 여순 사건, 제주 4·3, 광주 5·18을 알겠는가. 똑같은 이유로 전태일과 노조 탄압, 비정규직과 칠포세대, 장애인을 이해하겠는가. 남영호 침몰, 화성 씨랜드 청소년 수련의 집 화재, 춘천 봉사활동 산사태, 여수 국가산단 대림산업 폭발, 태안 해병대 캠프 참사, 장성 효사랑 요양병원 화재, 서해 훼리호 침몰, 성수대교 침몰, 삼풍백화점 붕괴, 대구 지하철 화재, 제천 화재 참사, 참치잡이 배 보령호 침몰, 남대서양에서 원인을 알 수 없는 침몰로 희생된 스텔라데이지호를 기억하겠는가. 수많은 잘못된 국책사업과 외교를 알겠는가. 제대한 지가 오래인데 현역처럼 군복을 입고 태극기를 흔드는 사내와 엄마부대는 무엇 하는 곳인가. 돈을 대는 기업가협회(전에는 전경련)는 또 어떤 곳인가. 새마을 운동과 자유총연맹, 바르게살기협회는 무엇 하는 곳인가. 바르게 선 사람은 아무도 없다. 한번 바르게 서 있으려고 무수하게 넘어졌다. 그게 인생이다. 나는 헌 마을이 좋고, 자유가 없는 시대에 성장했으며 삐딱하게 살아왔다. 바르게 살아온(?) 너희들이 나라를 망쳐놓았다. 이스라엘은 팔레스타인을 절대 이해 못한다. 이게 중요하다. 아예 공감 능력이 없다. 양심도, 염치도, 영혼도 없다. 어떻게 일본 육사를 나오고 일왕에게 충성 혈서를 쓴, 일본 이름으로 개명을 한, 일본을 형님으로 모신, 지역 차별의 원조, 박정희를 이해할까. 남로당 원인 박정희 때문에 죽은 사람들, 유가족들은 지금도 울고 있는데 말이다. 저 먼저 살겠다고 도망 길에(나라가 위태로운데 인조, 선조도 도망갔다.) 한강철교를 끊은 이승만이나 자국 시민을 학살한 전두환, 노태우, 4대강 사업과 자원외교로 혈세를 낭비한 이명박을 이떻게 용시할까. 일제 식민지 시절, 강제로 끌려간 징용자나 보국대원들, 성노예자들이 엄연히 살아있는데 나라 팔아먹은 어용들을 용서할 수 있겠는가. 일본과 미국이 우리에게 얼마나 나쁜 짓을 많이 했나. 친일, 친미자들은 기억을 빨리 지우고 싶어 한다. 요즈음 박근혜나 부역자들, 병신 오적을 보면 쉽게 알 수 있다. 생긴 것도 다르고 생각도 다르고 태어난 곳도 다른데, 말은 똑같다. 마치 짠 것 같다. 모른다, 기억이 안 난다, 왜 유독 2014년 4월 16일만 기억이 안 날까? 국민

모두가 텔레비전이 생중계한 304명의 죽음을 생생하게 기억하는데, 박근혜와 부역자들은 하나같이 기억이 안 난다고? 혹, 선명하게 기억이 떠오르는 게 싫은 것은 아닌지. 지금 검찰이 수사 중이니 말하는 것이 적절치 않다? 이들은 말하는 법을 모른다. 말은 곧 그 사람의 세계관인데, 뻔뻔한 거짓말을 하는데도 '아니오'라고 말을 못한다. 고시를 헛것으로 패스한 거다. 대입 예비고사 전국 몇 등, 법대를 수석으로 졸업한 사실이 거짓말 같다. 윤똑똑이들이다. 왜 '아니다'라고 한마디도 못할까. 한국의 괴벨스나 아이히만 들이다. 그러니 겨우 도배나 보일러를 들먹인다. 내 돈 들여 전기장판이나 담요를 사줄까. 얼마나 유치한 개그인가. 조금이라도 상식을 갖고 있다면, 인간의 자존심을 가진 자라면, 그러면 안 된다. 시간이 지나면 진실은 반드시 밝혀진다고? 누구를 위한 진실이냐? 단 한 번이라도 진실하게 살아 봤느냐? 적반하장, 피가 거꾸로 선다. 불복 선언한 거 모르는 사람이 없다. 자기가 약속한 수사도 안 받고 법원의 수색영장도 무시한 철면피다. 아직도 정신 차리려면 멀었다. 그를 대통령으로 뽑은 사람들 잘못 때문에 우리가 이 고생을 하고 있다. 관저에서 억지로 끌려 나오면서 새롬이와 희망이 가족을 버린 잔혹한 박근혜다. 염병을 심하게 앓고 있으면서도 증거인멸에 가담하는 허수아비들은 누워서 침 뱉는 격이다. 감옥에 들어가서 반성과 참회, 많이 하길 바란다.

2017년 4월 16일은, 세월호 아이들 삼년상이다. 음복할 시간도 없이 지나가고 말았구나. 바다는 멀고 파도는 높다. 제주도까지 헤엄쳐서 갈 수도 없고(장비와 돈이 많이 든다), 아이들 조형물도 세울 수 없고(모금하면 세울 수 있다), 어린 죽음 앞에 무엇을 할 수 있나. 내 인생은 깨끗이 실패했다. 내 작품은 속울음이자 비명에 가깝다. 우리는 끝까지 기억하고 참여할 뿐이다. 탈상했으니 그만 잊고, 산 사람은 살아야지, 말하는 책상물림도 있다. 어떠한 갈등도 해결하지 못했으며 어떠한 상처도 치유하지 않았다. 나는 부모 입장에서 절대로 잊지 못한다. 그래서 저항한다. 숨이 붙어 있어도 죽은 목숨이다. 죽음을 기억하는 것이(역사는 왜 존재하나?) 민주주의 기본이다. 고통 앞에서 중립은 없다(프란치스코 교황).

2017년 3월 23일

상처투성이 세월호가 침몰한 지 1,073일 만에 그 모습을 드러냈다. 진실과 정의는 침몰하지 않는다. 녹슬고 깨지고 구겨진 바깥보다 안이 더 참혹할 거다. 몇 번이나 죽어야 집에 갈 수 있나. 펄이 가득 찼을 것이다. 마치 내가 살아온 세월하고 닮았다. 미수습자 아홉 명을 떠올리니 가슴이 미어진다. 남자가 아니라 환자가 되어 울었다. 오래전에 샘이 메말라 눈물이 나오지 않은 기괴한 눈물이었다. 남도 마음이 이런데, 유족들과 미수습자 가족들은 말해서 무엇 하나. 혹, 0.1퍼센트라도 작가가 되어보겠다고 내 인생을 따라 하지 마시라. 가끔 영화에 나오는 큰 트력 운전수였다가 복싱 선수, 지금은 인명구조 훈련을 마저 받아 잠수사가 되는 게 꿈인 그런 사람으로 변했다. 기록하는 일이 의미가 있다고 믿어왔다. 시인이 되어 기록하는 데 앞장서고 싶었다.

봉건 왕조시대에도 없었던 일이 청와대에서 벌어졌다. 기가 막힌다. 3월 30일, 삼성동 집을 나올 때, 박근혜는 구속영장 실질심사를 받으러 가면서 아무 말도 하지 않았다. 여덟 시간 사십오 분이 흘러 검찰청사로 옮길 때도 일언반구가 없었다. 기대하지 않았지만, 괘씸하기 짝이 없다. 저 뻔뻔한 모습이라니! 국민은 애초 안중에도 없었다. 그러니 죽은 안산 단원고 아이들이나 세월호를 탔던 일반 사람들이 보이기나 했겠나. 공직자가 젊게 보이려고 사사로운 주사를 맞고 머리를 매일 손질하는 것을 이해할 수 없다. 대통령이 아니라면 비아그라 처방을 받든 기 치료를 받든 야매 주사를 맞든 올림머리를 하든 상관이 없다. 속으로 비난은 받겠지만 자기 꼴리는 대로 살아가는데 누가 시비를 걸겠는가. 문제는 박근혜가 사인이 아니라 공인이라는 데 있다. 승거가 차고 넘치는데도 모조리 부인한다.

3월 31일 새벽, 박근혜는 서울 구치소에 수감되었다. 소장 면담 자리에서 지병이 있어 힘들다고 호소했다는데 박근혜 정권에서 억울하게 죽어간 사람들을 생각하면 속이 뒤집힌다(소장은 친절하게 주말도 반납하고 면담을 해주었다). 남의 아픔에 대해서 손톱 끝 같은 이해라도 있다면 이런 발언을 할 인간이 어디 있겠는가. 구치감을 새로이 도배하고 의료용 침대를 준비한 소장이다. 이것은 보이는 거고 눈에 안 보이는 배려(?)는 말로 표현 못할 것이다. 전직 대통령이라고 특혜를 베푸는 일은 분명 불법이다. 누가 잉크도 마르기 전에 사면을 얘기하는가. 새 머리 아닌가. 부정한 돈을 나눠 먹었던 호위무사들에게 미안하다고 했지만 지지했거나 표를 준 사람들에게 사과 한마디 없었다. 마지막까지 이런 식이다. 애완견들은 확성기로 짖어댄다. 짖는 개는 물지 않지만 삶을 피곤하고 어렵게 만든다. 수인번호 503, 범죄 피의자에게 마마라고 엎드려 절하고 사약이나 부관참시를 들먹인다. 그들의 조상이 궁궐 속에서 마마를 외쳤는지 사약을 받았는지 부관참시를 당했는지 나는 모른다. 지금이 어느 시대인가, 저 북쪽의 한심한 김정은이 비웃는다. 이제 머리카락은 누가 손질해주나. 그 시간 세월호는 목포 신항에 눈물로 안착했다. 역사의 아이러니다.

출장조사를 받으러 온 검사 앞에서 무조건 모르쇠로 일관한 박근혜는 종범실록이라 이름 붙인 수첩을 두고 다른 사람에게 듣고 적은 것이라고 강변했다. 회의를 열면 바로 옆에서 VIP 지시 사항이라고 메모를 한 안종범 수석을 참을 수 없이 능욕하고 우롱하는 것이다. 빼도 박도 못하는 증거를 들이대도 기억이 안 난다고 허수아비 질이다. 어디서 많이 듣던 녹음기다. 손가락으로 하늘 구름을 가려도 유분수지, 다른 사람이라면 최순실인가? 자신도 피해자라고 선의의 의도였다고 정치적인 희생양이라고 다음 정부에서 사면을 노린다. 졸개 변호사 일곱을 자른 사람이 뭘 못하겠나. 박근혜는 춤을 출 줄도 모르지만 춤에 대해서 아예 생각하지 않는다.* 듣기 좋은 말만 듣는다. 대접을 가지고 다니지도 않는데 대접만 받으려고 한다. 철없는 어린아이도 어른이 되면 생각이 깊어져 말수가 준다.

---

* 영화 〈독재자〉의 대사.

이건 아이도 아니고 어른도 아니고 짐승도 아닌 쓴소리 거부 증후군을 앓고 있는, 다른 생각을 가진 사람들을 끝까지 괴롭히는 나쁜 캐릭터의 전형이다. 부역자들 가운데 내시 두 명과 환관 한 명을 구속하지 않은 검찰은 개 버릇 뭐 못 주는구나. 보통 사람은 9급에서 3~4급 공무원이 되려면 일생을 바쳐야 하는데, 온갖 불법을 저지르고도 버젓이 행세하는 피라미 두 마리를 그대로 놔두는 건 뭔가? 지저분하다고 여자 당직실을 기꺼이 내준, 특혜는 아니라고 우기는 법무부와 구치소는 뭐 하는 곳인가. 야비하구나, 마음껏 슬퍼하지도 못하게 하다니. 그러니 블랙리스트를 만들지. 4월 12일 재·보선 결과를 보라. 억장이 무너진다. 박근혜는 부인으로 일관하다가 기소되고 말았다. 오래 살려고 소식과 운동, 열심히 한단다. 죽은 아이들에게 미안하지 않은가. 미안한 감정이 있다면 그렇게 특조위 활동을 막지 않았을 것이다. 바야흐로 카네이션 대선이 시작되었다.

여러 우여곡절 끝에 뭍으로 올라온 세월호는 처참한 몰골에도 선체 수색작업을 시작했다. 이렇게 큰 배가 속절

없이 가라앉다니! 동물 뼛조각, 충전기, 화장품, 지갑, 스마트폰, 여행용 캐리어, 등산용 배낭, 슬리퍼, 넥타이, 청바지, 운동복, 신발, 빨간색 구명조끼, 디지털카메라, 아직 쓰지도 못한 수학여행 용돈 5만 원(아프다), 안경들을 비롯한 유류품이 나왔다. 선체 수색이 계속되면서 미수습자 아홉 분 중에 박인영 군의 단원고 교복이, 남윤철 군의 학생증과 가방, 권혁규 어린이의 장난감이 나왔다. 언제 그 모습을 볼 수 있을지, 3년을 하루같이 기다렸다. 결국 세월호 5층 전시실 일부를 절단하기로 했다. 유해 수습을 위한 통로 확보 차원이다. 이젠 목이 메어 눈물이 마를 만한데 여전히 흘렀다. 흐르고 흘러 대한해협의 파도가 되었다.

살아가면서 의무와 책임을 다해야만 자유를 누릴 수 있다. 그러나 박근혜는 어두운 유신 시대로 후퇴해 사기꾼을 등에 업고 나라를 말아먹었다. KBS나 MBC 같은 공영방송에 전화를 건 내시는 잘 알려져 있고, 아이들이 죽어가는 급박한 시간에 VIP에게 보고해야 한다며 사진 촬영부터 요구한 졸개들이 승진해서 활개를 치고 있다. 시간이 많이 지났는데도 환관 나부랭이들이 사퇴를 안 하고 세금을 축내고 있는 현실이다. 세금도둑은 이런 부류들이다. 언론계를 길들이기 위해 사주를 독대하거나 정부에 껄끄러운 앵커를 바꾸라고 압력을 넣지 않나 광고를 끊으라고 치졸한 짓을 한 절지동물이다. 언론의 자유를 말하기에는 너무 많은 억압이 있었다. 정권에 잘 보이고 호가호위한 부역자들은 여전히 살아 있다. 대선이 한참 진행되는 새벽 시간에 계엄령 내리듯 몰래 배치한 사드를 못 막아내고 있지 않은가. 언제까지 미군의 비웃음을 쳐다보아야 하는가.

구치소에 사는 박근혜는 졸개들을 시켜 삼성동 집을 팔고 내곡동으로 이사를 한다. 그 돈이 어디서 나왔는가. 출처가 불분명한 돈이다. 또한 경호를 위해 뒷집을 21억 원에 샀다. 이 자금은 우리가 낸 세금이다. 국민들은 셋집에서 허덕이는데 전직 대통령은 범죄자인데도 군림하고 있다. 잘못된 것 아닌가. 이명박근혜는 그렇게 닮았다. 주위에 있는 것들은 떡고물을 바라고 있는 모기떼이다.

40억은 서민들에게 그림의 떡이다. 우리들이 1억을 모으려면 평생을 걸어야 한다. 집을 팔아 40억을 남겼는데 전직 대통령은 기부를 안 한다. 기부 행위를 아예 모른다. 많은 친박 단체 회원들이 부스러기를 주워 먹으려고 존재한다. 변호사도 마찬가지다. 그들이 무료 변론하는 이유를 모르는 사람이 없을 것이다. 소설가 김동리의 아들 김평우를 보라. 가만히 앉아서 수억 원 광고하는 효과를 본 것이다. 자기 아버지를 욕보이고도 남았다. 탄기국 집회나 헌법재판소에서 태극기를 두르거나 보여준 서석구는 어디에 있는가. 구속된 박근혜를 위해 의리로 뭉친 짐승들은 보이지 않는다. 내가 보기엔 똥파리보다 못한 벌레들이다. 망가진 세월호 선체를 보면서 슬픔은 눈물을 보이지 않을 때 더 깊게 나타난다는 말을 가슴 깊이 새긴다. 우리는 너희들이 생각하는 개돼지가 아니다. 가만있지 않겠다.

나는 왜 작은 일에만 분노하는가

모가 자라는 초록 들판을 바라보면서 평등을 꿈 꾼다.

나는 농사꾼이 아니다. 간혹 동료들이 요즘 뭐 하는 가 물어보면 논다고 대답한다. 거름 내고 잔돌을 골라내 고 물을 주고 텃밭을 맨다고 농사꾼이 아니듯이, 나는 농 사꾼이 아니다. 그건 농부를 능멸하는 거다. 어렸을 때 형 들을 따라 나무를 하고 꼴을 베고 소를 몰아 풀을 뜯기고 못줄을 잡았다고 해서 농사꾼이 아니듯이, 나는 농사꾼 이 아니다. 쟁기질하고 써레질을 해야 초보 농사꾼에 겨우 든다. 나무를 심고 텃밭을 가꾼다고 농사를 짓는 건 아니다. 잡풀을 조금 뽑을 줄 안다고 농사꾼 흉내를 내면 그건 농사를 몰라도 한참 모르고 하는 헛소리다.

서산에서는 옥시기라고 하고 장수에서는 깡냉이라 부르는 옥수수 씨를 사러 장이 서는 날 나갔다. 늙은 아줌마가 여러 가지 씨를 팔며 오가는 장꾼들을 반긴다. 대학찰옥수수가 물려서 까만 거나 빨간 찰옥수수 씨를 찾으니 집에 갔다 온단다. 시간이 남아 천천히 다녀오라고 해놓고 최근에 준공한 시장을 돌아보았다. 아니, 이런 곳에 비석이! 장수군수 송덕비였다. 한자로 써놓아 글을 모르는 우리 동네 어르신들은 읽지도 못하겠다. 전직 군수는 이곳 면 출신으로 3선을 했다. 살아 있는 사람 송덕비를 세우다니, 화가 났다.

가끔 덕산 용소까지 걷는다. 윗용소, 아랫용소에 한자로 자기 이름을 새겨놓은 이들이 있다. 누가 기억할 것인가. 자기 자손도 알기 어려운 한자 이름을 누구보고 기억하라는 것인가. 그 이름을 자기가 팠겠는가. 손에 피를 철철 흘리고 새겼을 석공은 무슨 죄인가. 여기서 멀지 않은 지리산에 음식과 술과 몸뚱이를 가마에 싣고 올라간 조상은 누구인가. 어깨 근육에 피멍이 든 줄도 모르고 지리산에 오른 가마꾼은 또 누구인가. 생각만 해도 피가 거꾸로 솟는다.

이름 얘기 나온 김에 한마디 하자면, 논개 고향이 내가 자란 고장이다. 사당이 있고 생가터가 있고 영정이 있다. 논개가 죽은 진주에도 논개를 기념하는 건축물과 바위가 있는 것으로 안다. 그 정자에 히틀러, 무솔리니 이후 가장 나쁜 살인마, 전두환 이름이 떡하니 걸려 있다. 이건 말이 안 된다. 여러 번 지역 신문에 떼어내라고 썼다. 논개정신선양위원회는 무엇 하는 곳인가. 서산 살 적에 친구가 인근 도시 고등학교에 재직하고 있었다. 그때는 숙직이 있을 때라, 친구가 숙직하는 날은 일부러 찾아갔다. 그 친구가 건넨 옛날 유머다. 평소 말이 없던 녀석이 손을 번쩍 들어, 선생님 우리 마을에 김자지 생자지가 있어요 했단다. 김좌진은 청산리 전투를 승리로 이끈 장군으로 그 생가터가 근처에 있었다. 그냥 쉽게 김좌진 장군 태어난 곳이라고 알려주면 어디가 덧나나.

열렬한 반공 투사는 아니지만, 북측 관련 뉴스를 보면 뚜껑이 열린다. 우리나라 금수강산 좋은 곳에 삼부자 이름과 그 잘난 구호를 파놓았다. 그것도 뻘건 페인트칠을 해놓고 주민들을 강요한다. 까놓고 얘기하자. 배고픈 인민들이 무슨 죄인가. 지금이 어느 시대인데(왕조국가인가?), 삼대 세습인가. 정치를 먼 과거로 퇴행시키는 일이다. 남측은 또 어떤가. 전망 좋은 곳은 절과 모텔과 국적 불명의 카페가 모조리 차지했다. 살찌지 않은 스님들을 찾아보기 힘든 시대다. 개신교는 어디다 써먹는 한류인가. 다방 숫자보다 더 많은 교회는 무슨 말로 설교를 할 것인가. 가톨릭과 원불교를 비롯해 세계에서 종교가 가장 다양한 나라가 우리다. 그러면 행복하게, 평화롭게 잘 살아야 하지 않겠는가. 죽여 토막을 내거나, 일일이 헤아릴 수 없는 범죄와 폭력과 자살 1등을 무엇으로 설명할 것인가. 대통령과 장관, 국회의원은 뭐 하려고 있는가. 경찰과 군대는 어디에 써먹으려고 만들었는가.

지금은 운동을 쉬고 있지만, 고향에 와서 열심히 운동했다. 읍내까지 걷고 헬스와 수영을 했나. 수영 끝나고 간단하게 헬스를 할 때 일이다. 젊은 사람이 말을 건다. 처음에는 고향에 내려와 통행세를 내는 셈 치고 참으려 했는데, 그럴 수 없었다. 운동기구가 20여 가지가 넘는 곳에서 남자는 그와 나뿐이었다. 보통 운동기구 하나에 네 세트씩 하는데, 힘이 드니까 한 세트씩 끝내고 조금 쉰다. 쉬는 사이 그가 왔다. 아직 두 세트가 남아 있는데, 자기가 그 기구를 써야 하니 좀 비켜달란다. 밖으로 나오라고 했다. 그곳에서 큰소리를 내기에는 러닝머신을 타고 있는 손님이 마음에 걸렸기 때문이다. 직업이 형사란다. 경찰서 강력계에서 근무하는 누구란다. 손이 올라가려는 걸 간신히 참았다. 큰소리로 뭐라 하고 말았다. 형식적인 사과를 받고 물러섰다. 그냥 떠본 거다. 간을 본 거다. 사복 입은 경찰은 주민들에게 처음 본 사람이라고 무조건 떠봐도 되는가. 경찰서 유치장 백기는 무슨 의미인가. 술 취한 노인이 경운기를 운전하면 순찰자로 데려다준 교통경찰은 우리나라 사람 아닌가. 커피를 타주고 음식 대접을 하는 주민들은 누구인가. 119 구급대원에게 자기 아들이 중앙부서 노른자위에 근무한다고 떠벌리는 노인은 누구인가. 침묵하고 방조한 사람은 누구인가. 이대로 괜찮은가.

취수원取水原 청소를 하다 동네 사람이 죽었다. 그 사건 때문에 남자와 강렬한 첫 키스를 경험했다. 항의하러 환경보호과에 갔다. 이장과 마을 발전위원장과 함께였다. 공무원들이 그렇게 많은 줄 몰랐다. 의자에 앉으려는데 안 된단다, 거기는 과장님(?)이 앉는 의자란다. 똑같이 생긴 의자인데 과장만 앉을 수 있는 의자가 따로 있다는 걸 그때 알았다. 과장과 민원인은 의자도 섞어 앉으면 안 된다는 것을 알았다. 의자가 금테 둘렀나. 그런 모욕을 참고 산다.

읍내 작은 영화관에 가끔 간다. 구두를 벗고 양말만 신은 채로 앞 의자에 척하니 발을 걸친 남자들을 자주 본다. 영화 상영 중에 걸려온 전화를 큰 소리로 받고 있는 아줌마들, 수시로 무언가를 들여다보느라 핸드폰 불을 척척 밝히는 젊은이들도 읍내 사람들이다. 그러니 앞사람 의자를 발로 차는 정도는 예사로 아는 것이다. 산책을 가면 개를 풀어놓은 사람을 만난다. 목줄을 묶고 비닐봉지를 갖고 다니라고 충고를 하면 인 문단다, 안 썬단다. 주인을 무

146

는 개를 만난 적 있는가. 주인 입장만 생각한 거다. 어느 날 소문난 맛집이라고 찾아간 식당에서 들어오는 손님을 쳐다보는 셰퍼드 두 마리를 만난 적도 있다. 주인이 개를 예뻐하면 남들도 그래야 한다고 생각하는가 보다. 쓰레기를 마구 태운다. 비닐을 섞은 쓰레기는 구토를 일으키고 참을 수 없는 냄새를 풍긴다. 그런 몰상식을 참고 산다.

화살을 가난하고 힘없는 작가들에게 돌려보자. 고향에 조그만 거처를 마련하기 전, 나는 창작실 두어 군데를 전전했다. 지금도 수많은 동료 작가들이 창작실에서 생활한다. 방귀 뀌는 소리, 트림하는 소리, 커피 내리는 소리, 술 마시는 소리, 코 고는 소리 모두 들린다. 그 소리 가지고 뭐라 한다. 가끔 서로를 위로하며 술을 마시면 노래를 부르고 기타도 친다. 아니, 소음을 참지 못하면 집에서 작품을 쓰지, 뭣 하러 창작실에 왔는가. 강원도에서 소설을 쓰다 죽은 선배는 후배 작가들이 술 마시고 노래 부르는 소리가 그렇게 좋았단다. 죽기 전에는 문을 열어놓고 그 소리를 일부러 들었단다. 그 이야기를 식당에서 했다가 면박을 받았다. 창작실에 왔으면 조용히, 근엄하게 작품을 써도 모자랄 판에 술 먹고 놀다니, 용납을 할 수 없단다. 나는 깨끗하게 포기했다.

언젠가 도로를 지나고 있는데 익히 알고 있는 후배 시인 이름이 휙 지나간다. 잘못 봤나 되돌아보았다. 거기에 후배 시인 이름과 생가터를 알리는 표지판이 서 있는 게 아닌가. 아마도 후배 시인은 말렸겠지. 지자체에서 남은 돈을 주체 못해 고집했겠지. 살아 있는 시인들의 비를 여럿 봤다. 작가는 책으로 남지 않겠는가. 작품으로 남지 않겠는가. 명천 이문구 선생 생각이 난다. 자기 이름으로 문학상 만들지 말라, 자기 이름으로 문학비 만들지 말라, 죽으면 화장해서 뿌려달라는 유언을 해 부엉이재가 보이는 관촌마을 숲속에다 뿌렸다. 이문구 선생이 이럴진대, 이문구 발가락도 못 따라가는 살아있는 작가들이 비를 세우고 표지판을 세운다. 풀과 나무는 자란다. 무성해지면 온 데로 돌아간다. 흔적 없이 살다 가는 게 인생이다. 그런 몰염치를 견디며 산다.

국도 옆에 세워놓은 그 숱한 모텔과 식당과 갤러리 진수관 간편은 뭐란 말인가. 뜬봉샘 올라가는 길에 지자

체 단체장 이름을 쓴 사람은 누구인가. 천년만년 그 자리
에 앉아 있고 싶은가. 이름 곳곳에 페인트칠한 사람은 누
구인가. 아직 살아 있는 사람 아닌가. 누구 말대로 거룩한
분노는 종교보다 깊다고 했다. 법인세를 올려 복지에 쓴다
는 말은 이미 세상의 상식이 되었다. 상식을 뒤엎는 자리
에 대기업과 전경련이 있다. 전두환에게 큰절하는 사람들
은 누구인가. 용산 참사가 일어났을 때 진두지휘했던 책임
자가 공항공사 사장을 거쳐 국회의원이 되었다. 용산 참사
때 사람이 여럿 죽어 나갔는데도 말이다. 국회의원으로
뽑은 사람들도 우리와 똑같은 대한민국 사람들이다. 안산
단원에서 집권당 국회의원이 당선된 걸 어떻게 설명해야
할까. 그들과 같이 살 것인가, 말 것인가.

　　우리는 죽을 때까지 베트남에 대해 사죄하고 반성해
야 한다. 자기 할아버지가 동양척식주식회사에 근무했으
며, 천황폐하 만세를 버젓이 외친 정부 연구기관장이 있
다. 하긴, 대통령 아버지가 다카키 마사오였다. 우리 안에
친일을 어떻게 걷어야 하는가, 고민해야 한다. 북한 이탈
주민 3만이 넘는 시대에 살고 있다. 통일해야 한다. 모든

걸 제쳐놓고 자꾸만 꺼져가는 경제만 놓고 보더라도 통일해야 산다. 고속도로, 철도, 항만, 광산 할 것 없이 북한을 개발해야 우리가 산다. 북한은 싼 노동력으로, 우리는 높은 기술력으로, 안 될 게 뭐란 말이냐. 국방비에 쓸 돈을 줄여 경제에 쏟아부어 봐라. 같은 역사, 같은 피부, 같은 말을 가지고 있어 쉽다. 그런데 금강산 관광과 개성공단은 끝내 폐쇄되고 말았다(거꾸로 가고 있다). 멀쩡하게 잘 흐르는 강을 몽땅 파헤친 전직 대통령도 우리와 똑같이 생겼다. 다른 피부, 다른 생각, 다른 말을 가진 사람들도 다문화로 받아들이는 시대에 살고 있다. 적긴 하지만 난민을 받아들인 나라가 우리다(아직 멀었지만). 그래야 일본이 무서워한다. 대부분 선량한 일본 국민이 무슨 죄가 있어요, 개인 돈을 내놓은 위안부 할머니는 당당한 분이다.

　　나는 돈이 없어 아직까지 이민을 못 가고 있다. 이민 안 가고 살아야 하나. 우리 동네, 면, 군, 시, 도를 떠나, 나라와 민족을 떠나 살고 싶다. 그대는 떳떳한가. 이유도 모른 채 바다에서 죽은 아이들은 언제 돌아오는가. 4·3은, 5·18은 언제 해결되는가. 메르스와 가습기 사건은 어떻게 설명해야 하는가. 4·16 이후에도 서정시는 가능한가. 분단은 언제 되었는가. 우리에게 미국은 어떤 존재인가. 중국과 러시아는 어떤 존재인가. 작가들에게 편견은 어디에서 오는가. 아프게 물어본다.

대한민국에서 경차 타기

나는 제일 작은 차를 탄다. 가장 겸손한 차라고, 질서 준수와 양보를 실천하면서 겸손을 배우겠다는 생각과 딱 맞는 차라고, 환경에 해를 적게 입히는 차라고, 기후 변화에 대한 걱정마저 했다.

지금보다 훨씬 더 불법과 편법 운전을 일삼던 나는, 처음에는 승합차와 트럭을 몰았다. 과속하기, 신호 위반, 끼어들기, 앞지르기 위반, 중앙선 침범, 불법 유턴……. 나이 육십이 다 돼갈 때 작은 차를 사면서 이제부터는 법을 지키면서 살 때도 됐다고 생각했다. 어느 정도 성숙한 사람이 됐다고 자부했다. 조수로 따라다닌 시절과 무면허

시절까지 합쳐 운전 경력 40년이 훨씬 넘는 도사인 척했
다.

　나를 제일 화나게 하는 일은 앞지르기할 때다. 세월
아 네월아 천천히 가던 차들도 내가 앞지르기를 시도하면
갑자기 빨리 달린다. 엔진 출력이 떨어지는 작은 차를 가
진 나는 생명의 위협을 느껴 포기할 수밖에 없다.

　우리나라에서 작은 차는 절대 끼어들기를 할 수가 없
다. 끼워주지 않는다. 규정 속도로 가면 경음기를 크게 울
리거나 상향등을 번쩍거린다. 빨리 가면 빨리 간다고 뭐
라 하고, 늦게 가면 늦게 간다고 눈을 부라린다.

　대한민국 운전자들은 다른 사람을 배려하지 않는다.
운전대만 잡으면 짐승으로 변하고 바쁘다. 역주행은 물론,
밤에 상향등을 켜고 운전하는 사람들을 자주 본다. 심지
어 등을 안 켜는 사람도 있다. 시커먼 차가 불쑥 나타나 봐
라, 가슴을 쓸어내린 게 한두 번이 아니다. 터널 안에서나
안개와 비가 많이 내릴 때, 속도를 줄이고 가는 차를 한 번
도 못 봤다. 방향지시등 없이 좌회전, 우회전 마음대로 휘
젓고 다닌다. 법을 지켜 운전하면 손해 보기 일쑤다, 무시

당하기 일쑤다. 법을 지키는 차들 앞에서 대부분의 운전자들은 보란 듯이 앞지르거나 경우 없이 끼어들거나 사고가 나지 않을 만큼 위험하게 들이대거나 눈을 치켜뜬다. 내비게이션도 블랙박스도 없는 나는 난폭 운전하는 차를 바라볼 수밖에 없다.

한번은 정체되어 있는 차들 틈에 끼어 앞차만 따라가는데, 갑자기 뒤차가 경음기를 울리고 번쩍거렸다. 룸미러로 보니, 덩치 큰 택시였다. 어지간하면 대중교통 타는 사람들 생각해서 그냥 가려고 했지만, 계속해서 경음기를 울리고 번쩍거렸다. 내 차가 경차가 아니라 값나가는 중형 세단쯤 됐어도 저럴까? 화가 치밀었고 더 이상 참을 수 없어 차를 세우고 내렸다. 젊은 사람이 다짜고짜 반말이었다. 너, 사람 잘못 건드렸다, 나도 한 성질 한다, 내 과거를 모르는 젊은이는 존댓말 할 줄도 몰랐다. 심하게 싸웠고 결국, 파출소까지 가서야 사과를 받고 마무리되었다.

일본에 갔을 때의 얘기다. 자유여행을 선택한 사흘 동안 대중교통을 이용하거나 걸어 다녔다. 그곳은 경차 천국이었다. 경자가 많은 깃도 부리운데 자전거는 더 많았다. 여행 내내 딱 한 번 경음기 소리를 들었다. 사람 없는 횡단보도 앞에서, 신호등이 깜빡거려도 차들은 절대 움직이지 않았다. 버스를 탔는데, 빨간 등 앞에서 시동이 꺼졌다. 스톱, 스타트 엔진이 있는지 몰랐다. 기름 한 방울 나오지 않는 고국을 떠올렸다. 선진국이란 이런 것이구나, 깨달았다. 대한민국처럼 배기량으로 사람을 판단하지 않았다. 물론, '여럿이 함께하면 적색 신호 앞에서도 건넌다'는 일본 사람들의 양면성을 모르는 바는 아니지만, 일본의 교통 질서가 부러우면서도 무서웠다.

요즈음 정부가 하는 짓을 보면, 운전하는 것이랑 꼭 닮았다. 썩지 않은 곳이 없다. 법을 지키며 순하게 사는 사람들은 개돼지로 무시당하고 손해 보고 피해 본다. 가해자 변명만 있고 피해자 입장은 없다. 청와대는 물론, 이화여대나 백남기 선생, 세월호가 그 맨얼굴을 증거한다. 언제까지 나무를 베어 과일을 딸 것인가!

블랙리스트

춥다. 지난 9년간은 딸아이가 학교에 들어가 졸업한 기간과 공교롭게도 겹친다. 한마디로 돈이 많이 들어간 시절이라는 증거다. 15년 전 <느낌표 '책책책 책을 읽읍시다>에 선정되었을 무렵, 선배가 한 말이 기억에 남는다. 너는 앞으로 10년 동안 상 받을 생각은 아예 하지 말아라. 그때는 농담인 줄 알았다. 하도 쪼들려 은행에서 주는 문학상을 한번 알아보았다. 친구는 물론, 먼저 탄 선생께서 회장이 바뀐 뒤로 심사위원도 소용이 없단다. 회장이 내건 이유는 전라도 출신은 안 된다는 거, 또 하나는 남자는 안 된다는 거였다. 전라도 출신에 남자인 나는 포기할 수밖에 없었다.

　그래도 아이는 사랑할 수밖에, 초등학교 때는 엄마가 끼고돌았고, 중학교 들어가자 몸이 부실한 아이를 튼튼하게 만들려고 매일 아침 학교까지 걸어 다녔다. 누가 보면 극성스러운 아빠라고 욕했을 것이다. 편도 4킬로미터가 넘는 학교까지 날마다 걸었다. 아이는 나를 닮아 공부 체질이 아니었다. 특히 수학을 못했다. 고등학교는 학력인가 대안학교에 갔다. 대안학교는 멀리 군청 소재지에 있었는데 일반 고등학교에서 적응하지 못하고 조금씩 뒤로 물러선 아이들이 많이 모여든 학교였다. 그곳에 민주주의(?)에 물든 교장 선생이 자원해서 부임했다. 선생과 아이들이 첫 번째 한 일은 닭똥 냄새 나는 양계장을 철거한 거였다. 양계장은 동물을 사랑하고 달걀을 급식에 오르게 하기 위해서 존재했다는데, 아이들 인권을 생각하면 마땅히 철거해야 하는 비닐하우스였다. 두 번째는 아이들 잡풀 뽑기 시키지 말라는 거였다. 그것도 벌점을 받은 아이들 교육을 위해서라는데, 땡볕에 잡풀 한번 뽑아봐라, 욕 나오기에 십상이다. 세 번째는 교무실을 없애고 학과마다 선생님들 개인 사무실을 설치해주었다. 아이들 비 맞는 게 안쓰러워 흡연 구역에 비 가림막까지 만들어준 선생이었다. 무엇보다 기억에 남는 건 졸업식 날 풍경이다. 그 흔한 교장 선생님 훈화가 없었고, 군수, 교육장, 경찰서장, 심지어 지역 민방위대장의 상장도 없었다. 통기타 가수를 초청해 학생과 학부모가 함께 노래를 불렀다. 거꾸로 가고 있는 우리나라에서 가장 오래된 여자대학교를 봐라.

딸아이가 공부는 흥미 없었지만 3년 내내 도서관에 박혀 책은 열심히 읽었다. 우여곡절 끝에 서울에 있는 대학에 척 합격을 했을 때, 우리는 그제야 한시름을 놓았다. 아내는 눈물을 글썽이기도 했다. '인 서울' 시켰으니 부모로서 할 일은 다 했다는 기쁨의 눈물이었다. 그러나 그 눈물은 곧 아이 뒷바라지하는 눈물로 바뀌었다. 처음엔 대학 기숙사로, 학년이 올라감에 따라 친구하고 조그만 오피스텔을 얻을 때도 돈이 들어갔다. 휴학을 하고 알바를 했을 때도 돈이 따라다녔다. 대학을 졸업하고 혼자 방을 얻을 때는 더 많은 돈이 들어갔다. 아이는 지금도 알바를 한다. 알바 인생은 언제 끝날지 모른다.

인도에서는 인생을 세 주기로 나눈다는데, 마지막이 임서기다. 즉, 인생 마지막은 아내와 아이를 떠나 숲에 가서 명상하는 일로 마친다는 거다. 나도 고향에 갔다. 속된 말로 텃세를 부리지 않는 곳을 택했다. 그러나 고향은 옛날 고향이 아니었다. 시골도 옛 시골이 아니었다. 온통 돈독이 올라 있었다. 돈은 나이를 초월한다. 친구도, 친척도, 말단 공무원인 이장도 미국에서 상륙한 신자유주의에 물들어갔다. 나만 뒤처져 있었다. 따라잡을 수가 없었다.

바로 아랫집은 어머니 사촌이다. 시골에 살면서 좋은 게 좋다고 이래도 흥 저래도 흥 하고 살았다. 냉장고에 접대용 술이 도열하고 무슨 사건이 일어나면 양보해야지 하고 살았다. 아랫집도 마찬가지였다. 인적 없는 시골에 젊은(?) 사람이 들어가면 무조건 좋아할 줄 알았지만, 그건 큰 착각이었다. 시기와 질투가 만만치 않았다. 땅 문제만 해도 그렇다. 시골에 내려와보니 육촌 형님이 사는 아랫집이 내 땅을 한 스무 평 깔고 앉아 저온 창고를 떡하니 지어놓은 거였다. 도시 같으면 한 평 가지고도 싸우고 난리인데, 시골 인심이란 건 그럴 수 없으니 참고 기다리기로 했다. 그냥 쓰라고, 형님 돌아가시고 나면 그때나 창고를 옮기고 땅을 돌려달라고 말해뒀다. 참기는 힘들었다. 무엇보다 저온 창고 팬 돌아가는 소리가 종일 사람 미치게 했다. 개 소음에 질려 조용한 고향에 정착했는데 말이다. 그러던 어느 날 갑자기 그 집 사위가 옮겨준다고 했을 때는 환호작약했다. 이젠 조용히 잘 수 있겠구나, 살다 보니 시어머니 죽는 날도 오는구나, 이때다 싶어 땅도 돌려받고 찾은 땅에 단단히 옹벽도 쌓았다. 창고 팬 돌아가는 소리도 멀리 들리고 모든 게 순조로웠다. 마침 도청 소재지가 있는 학교에서 벽화를 그리러 왔을 때는 인생이 이렇게 잘 풀리면 불안한데, 채근담의 한 구절을 되뇌기도 했다.

사건은 엉뚱한 데서 터졌다. 올여름에 유난히 게릴라성 폭우가 많이 쏟아졌다. 와본 사람은 알겠지만 내가 사는 곳은 깊은 산골이다. 집이 해발 500미터가 넘고, 우리가 야산이라고 하는 마을 앞 뒷산이 해발 900미터 정도이니 말이다. 비탈이 심한 곳에 밭을 일구고 사는 것이 동네 사람들이다. 어쨌든 육촌 형님도 산에서 내려오는 개천을 복개해서 밭을 일구었는데, 비가 많이 와서 사과밭과 인근 삿갓배미에 돌과 모래가 쓸려 들어갔다. 당연히 이장이 군에 신고해서 담당 직원이 나왔고, 형님이 그냥 지어먹으면 안 되냐고 사정을 하다가 행정대집행 얘기가 나오자 무릎을 꿇었다. 가을걷이 끝날 때까지만 봐주라, 그러면 장비를 대서 복구할 것이다. 문제는 형수였다. 석축 쌓는 것부터 옹벽 구축한 것까지 떼를 쓰는 것이다. 옹벽은 형님 생각해 손해 보면서 그 집 마당을 넓혀준 것이었다. 그것을 말하자 들어간 땅을 떼어 짊어지고 가란다. 억지를 써도 한계가 있는 법이다. 아니, 당신은 무덤 속까지 땅을 짊어지고 갈 수가 있는가? 석축도 마찬가지다(석축 자리에는 그 집 소 막사가 있었다). 하천 부지는 원래 자치단체나 국가가 관리한다. 거기에 막사를 짓는 사람이 시골사람들이다. 팔순을 바라보는 형님이 이젠 근력이 부쳐 소도 못 키우겠어, 한 말이 생생하다. 형님은 땅이 없나, 밭이 없나, 논이 없나, 우리 동네에서 둘째가라면 서러운 알부자다. 차라리 남이었으면 좋겠다. 욕심이 삶을 견인하는 힘이지만, 심하면 노욕이 된다. 우리 동네에서 소 키우는 사람 아무도 없다.

이장도 마찬가지다. 이 조그만 산골에 이장 선거가 있다. 9대 6으로 현 이장이 당선된 거다. 그날 면에서 경찰이 출동했다. 진 쪽에서 폭력 선거다, 짜고 치는 고스톱이다, 말이 많아서였다. 이긴 사람은 북한이 고향인, 들어온 사람이었다. 마을 사람들을 위해, 마을 발전을 위해 일하면 동네 이장이지, 이장이 뭐 별거인가.

최근 이장이 옛 이장과 대판 싸웠다. 그것도 모르고 현 이장한테 전화를 걸었다. 상수도가 들어왔는데 왜 물이 나오지 않냐고 물어봤다. 목소리가 예전하고 달랐다. 이장 못 해 먹겠다, 동네에 너무 똑똑한 사람이 많아서 힘들다, 너는 전입신고도 안 한 사람이니 마을 사람 자격이 없다, 아무 말 하지 말아라. 그러면 어리석은 동네 사람들에게 군림하는 게 이장인가. 왜 싸운 화풀이를 내게 하는지 모르겠다. 그렇게 만만하게 보였단 말인가. 헛웃음이 나왔다. 마을에 문제가 터질 때마다 면사무소는 물론 군청까지 이장은 왜 나를 데리고 다녔느냐 말이다. 말을 조리 있게 잘한다고, 회관에서 산판하는 사람들을 놓고 일장 훈시할 때는 왜 나를 옆에 끼고 돌았느냐 말이다. 상수

도 들어오기 전, 계곡물을 취수해서 먹을 때 취수 탱크 청
소하러 뒷산에 수십 번 올랐다. 마을 사람 너도나도 이 핑
계, 저 구실로 빠져버리고 매번 두세 명밖에 올라오지 않
았다. 그때는 일 잘한다고, 고맙다고 칭찬하더니 자신이
코너에 몰리고 나자 안면을 싹 바꾸었다. 뭐, 퇴거를 안 했
으니 발언권도 없다고? 이런 모기 같은 인간이 있나. 배신
의 시금치를 무치고 있구만. 그러니 외지인 소리를 듣지.
달면 삼키고 쓰면 뱉는 대통령 같은 사람이 여기도 있네.
상수도가 빨리 들어온 이유도 마을 사람이 죽어서이다.
취수 탱크 청소하던 승태 형님이 갑자기 그 자리에서 쓰러
졌다. 사람 목숨 값에 상수도가 서둘러 들어온 것이다. 문
득, 윗동네에 사는 동창이 떠올랐다. 시골 사람들 만만하
게 보지 마라, 큰코다친다. 시골 사람들 사정 들어주다 보
면 간까지 빼간다는 말이 헛말이 아니었다.

　　나는 하루에 두 끼니를 먹는다. 육체노동을 할 때는
세끼를 꼬박꼬박 챙겨 먹고 새참까지 먹었다. 술과 담배는
말하지 말자. 차도 제일 작은 차를 타고 다닌다. 밤이 오면
대중교통이 끊기는 시골에서 탈것은 필수다. 육류를 거의

안 먹는다. 어쩔 수 없는 자리에 가면 유난 떨기 싫어 상추에 싸 먹는 게 전부다. 한때 우유 보급소장이었던 사람이 우유도 안 먹는다. 작은 실천이지만, 이것 모두 기후 변화를 걱정하기 때문이다. 덜 오염된 지구를 후손에게 물려줄 책임이 어른에게 있다. 나이를 더 먹으면(그때까지 산다면) 하루 한 끼만 먹을 작정이다. 거창하게 말하기는 싫다. 내 아이와 나 같은 사람이 한두 사람에 불과한가? 많다. 수없이 많은 사람이 나보다 훨씬 엄격하게 자기를 억제하고 살고 있다. 근데 이건 너무한 것 아이냐. 그 하찮은 돈을 떼먹다니. 대통령을 비롯하여 환관과 내시의 권력에 취한 사이비 교주와 딸들이 사기 친 거에 비하면 푼돈인데 말이다. 어쩐지 안 되더라. 올리면 떨어지고 올리면 떨어지더라.

블랙리스트, 거기에 올라있다. 정동교회 배움의 집 친구가 오랜만에 전화해서 어렵사리 입을 연다, 살기 괜찮냐고. 나야, 굶지는 않는다. 아직 살아 있다. 대통령 아버지가 우두머리로 군림할 적에 사형을 언도받은 지식인 첫마디가 '영광입니다'라고 했다. 지금 블랙리스트에 오른 예술인들도 영광이라고 말한다. 많은 세월이 흘렀어도 그 시절이나 오늘이나 똑같다. 문학, 미술, 음악, 영화, 무용, 연극에 종사하는 사람들은 대부분 가난하다. 돈이 없어 죽어간 사람들이 부지기수다. 자기들이 죽인 시신을 꺼내 부검하겠다는 국가가 우리나라다. 오죽하면 오물을 투척하거나, 포클레인을 몰고 대검찰청으로 돌진하겠는가. 돈이 많다고 하루에 열 끼를 먹겠는가. 언제까지 피눈물을 비빔밥 삼아 먹고 있을 것인가. 곧 눈이 내리고 두꺼운 얼음이 온 나라를 뒤덮을 것이다.

창문

얼마 전 일본 후쿠오카를 다녀왔다.

2박 3일 짧은 여정이었다. 이 엄중한 시절에 무슨 여행이랴 자책도 했지만, 친구 후배가 여행사를 운영하는 바람에 정말 싸게 다녀왔다. 국내 여행보다 훨씬 저렴했다. 싼 게 비지떡이라는 말도 있지만, 그것보다는 일본을 알고 싶었다. 도대체 왜 저 사람들은 아시아뿐만 아니라 전 세계를 대상으로 전쟁을 일으켰으며, 수많은 여자들을 괴롭혔는가? 끌려간 것도 억울한데 성 노리갯감으로 짐승처럼 대한 끝에 고문하고 참혹하게 죽였는가? 도대체 어떤 사람들이기에 전쟁이 끝난 지 70년이 다 돼가도록 반성하고 참회하고 용서를 빌지 않는 것인지 도대체 이해할 수가 없었다. 반성하지 않고 용서를 빌지 않는 것도 이해할 수 없지만, 저들은 한발 더 나아가 성 노리개로 끌려간 할머니들이 자발적으로 돈 벌러 갔다고 거짓말을 하거나, 식민 통치 36년간을 선진 문물 인프라를 구축하여 근대화를 앞당긴 시혜국으로 포장하고 있지 않는가? 도대체 이런 적반하장은 어디에서 온 것인가? 식민 통치 기간, 말로 할 수 없는 고통을 당한 우리나라 사람들에게 일본이란 나라는 도저히 용납할 수 없는 감정을 품고 있기 마련이기에, 나는 일본 사람들을 보고 싶었다.

　싼 게 비지떡이라는 말은 맞았다. 농담이지만 철저하게 서민 체험을 했다. 우리 일행은 하루 종일 걸었고, 버스와 전철과 국철(JR)을 타고 이동했다. 떠날 때, 고국은 단풍이 남하하기 시작했고, 감나무에 홍시가 하나둘 맺히는 계절이었지만, 후쿠오카는 더웠다. 덥고 습했다. 어디를 가나 끈적거렸다. 짧은 기간이었고, 주마간산이었으며, 직관으로만 봤기 때문에 오류투성이 글일 수 있다. 하지만, 전체적으로 활력이 없었다. 후쿠오카는 우리나라 대전 정도 크기의 도시였다. 사람들은 키가 작은 편이었으며, 잘 웃지 않았다. 큰 소리로 떠드는 사람이 없었다. 깍듯하고 친절했지만 철저하게 개인 위주였다. 숙소는 호텔이라고 하기엔 너무나 작아 혼자 자도 비좁은 공간에서 친구랑 둘이 잤다. 잠자리는 고문이었다. 그 유명한 라멘은 짜고 느끼했다. 포장마차에서도 안주가 다양하지 않은 데다가 오뎅 국물은 참을 수 없이 짰다. 제법 유명한, 줄 서서 기다리는 라멘집과 포장마차를 갔는데도 마찬가지였다. 물가는 턱없이 비싸, 다꽝도 사 먹어야 했다. 한국에서는 단무지와 김치 정도는 무한 리필된다고 큰소리쳤지만, 믿을 수 없는 표정만 지을 뿐이었다. 다들 외국 나가면 애국자 된다더니, 역시 술꾼에게는 대한민국이 천국이었다. 우리 싸구려 인생들에겐 안주를 안 시켜도 소주 두어 병 먹을 곳이 지천에 깔려 있는 곳이 대한민국 아닌가. 얼마나 넉넉하고 푸짐한 고국인가. 특히 밥 먹으러 갔을 때 인상이 깊다.

일본 사람들 대부분은 혼자 먹는다. 우리처럼 넓은 식탁에서 찌개 끓여놓고 상다리가 휘어지게 먹는 모습은 없다. 대부분 학생 독서실처럼 칸막이가 설치되어 혼자 먹거나, 넓은 식탁은 불투명 유리로 가운데를 막아놓아 앞사람 얼굴을 볼 수가 없다. 그런 곳에서 밥 한 공기, 생선 한 토막, 된장국, 밑반찬 하나로 조용히 밥 먹고 나간다. 쓸쓸하고 처량한 모습이었다. 우리나라 식당에서 7~8천 원짜리 백반을 한번 시켜보라. 반찬만 먹어도 배부르다. 술집에서도 마찬가지다. 폭탄주도 없고, 왁자지껄도 없고, 음주가무도 없다. 맥주나 사케, 일본 소주를 조용조용 먹고 나간다. 우리처럼 빈 병을 무슨 군대 사열하듯 열병시키는 문화는 없었다. 한마디로 허례허식이 없었다. 허세가 없었다. 허풍이 없었다.

전철 안에서 자리를 양보한 사람은 우리 일행밖에 없었다. 철저하게 개인이었고 철저하게 실용적이었다. 거리에 나가면 자동차 열 대 중 여덟, 아홉 대가 경차였다. 집들은 작고 낮았다. 아파트들은 대부분 저층이었고 소형이었다. 나는 일부러 늦은 시간에 거리에 나가 앉아 있었다. 편의점에서 맥주를 사 들고 버스 정류장 부근에서 오래 앉아 있었다. 자정을 넘긴 시간이었지만 택시 정류장은 한산했다. 도시 중심부였는데도 우리나라에서 흔히 볼 수 있는 삐끼도 없었고, 승차 거부도 없었고, 고성방가도 없었다. 늦게 집으로 돌아가는 시민들의 구두 소리만 고즈넉했다. 2박 3일 동안 딱 두 번, 자동차 경적 소리를 들었을 뿐이다.

그들은 일상생활 속에서 참고 인내하며 남을 배려하는 데 이골이 난 듯했다. 어떻게 저런 사람들이 세계를 상대로 전쟁을 벌이고 아시아인들에게 결코 용서할 수 없는 피해를 입힌 사람들인가? 다시 한번, 도저히 이해할 수가 없었다. 하긴, 20년 넘게 글을 써서 밥을 먹어오면서 만난 인간들 중에, 조용하고 관대하면서 남을 섬세하게 배려하는 사람이, 어느 순간 걷잡을 수 없이 폭력적으로 변하는 모습을 가끔 본 적은 있지만 말이다. 우리가 눈이라는 창문을 통해 인간을 보고, 세계를 이해한다는 것 자체가, 어찌 보면 처음부터 오류투성이일 수밖에 없는 일인지 모른다. 최선을 다한다는 말이 얼마나 허망한 일인지, 우리는 지난 4월 16일 아침 또렷이 봐왔지 않은가. 지금, 우리는, 최악을 버티고, 견딜 수밖에 없는 시절을 지나고 있다. 징

확하게 본다는 것이 얼마나 힘든 일인가.

고국으로 돌아오는 날은 흐렸다. 비가 세차게 내리고 강풍이 몰려왔다. 먼바다에 태풍주의보가 내렸다. 그래도 배는 떴다. 근해를 벗어나자 우리 배는 그야말로 일엽편주였다. 어린아이와 할머니들은 끊임없이 토했다. 저러다 쓰러지지 않을까 싶을 정도였다. 특히 여자들은 더 힘들어했다. 저 작은 사람들의 배 속에서 저렇게 많은 토사물들이 쏟아지다니! 나는 우리 일행들의 손과 발을 지압하고 등을 쓸어주면서도 창문 넘어 넘실대는 파도를 보며 4월 16일 진도 앞바다를 떠올렸다. 솔직히 겁이 났다. 이대로 배가 침몰한다면 나는 어떻게 할 것인가? 17년 동안 운동을 해서 수영은 어느 정도 자신이 있었다. 아내가 근무하는 섬에 놀러 가 바다 수영을 7~8킬로미터씩 하기도 했지만, 여기서 부산은 너무 멀다. 설사 70~80킬로미터를 헤엄쳐 갈 수 있다고 쳐도 무엇보다 높은 파도와 추운 날씨를 견딜 수 없을 것이다. 저체온증이 오면 바로 죽는다. 사람 몸은 추워지면 견딜 수 없이 졸음이 몰려온다. 그때 자면 그

대로 끝이다. 바다에서 죽는 사람은 수영을 못해 숨이 막혀 죽는 것보다 추워서, 졸려서, 저체온증으로 먼저 죽는다.

2014년 4월 16일 아침, 원인을 알 수 없는 이유로 세월호는 침몰하기 시작했다. 아이들은 구명복을 입고 어른들이(선생님들이) 시키는 대로 침착하게 기다렸다. 드디어 구조선이 도착했다. 아이들은 손가락 부러지도록, 창문을 두드렸다. 그러나 구조선은 아이들을 외면하고 돌아갔다. 어른들을 믿고, 창문을 믿고, 국가를 믿은 아이들은 단 한 사람도 구조받지 못했다.

평범한 봄

봄이 왔으되, 봄이 아니다.

별걸 다 했다. 시 낭송도 해봤다. 1인 시위도 해봤다. 함께 모여 피켓시위도 해봤다. 희망 버스도 타봤다. 도서관에 책도 보냈다. 걷기도 했고 삼보일배도 했다. 그러나 아이들은 돌아오지 않았다. 가난한 아이들이 버스 타고 수학여행 가지, 왜 배 타고 멀리 섬에까지 갈 생각을 했냐는 놈들이 있다. 이건 단순한 교통사고에 불과하다고 말하는 놈들이 있다. 시체장사 하는 놈들이 있다. 단식하는 사람 옆에서 치맥을 놓고 폭식 투쟁하는 놈들이 있다. 일곱 시간 동안 아무 조치도 안 한 대통령이 있다. 경제가 어려우니 그만 잊으라는 놈들이 있다. 누군가의 사주를 받고 행동한다는 말이 돈다. 젖은 돈을 보고 울고 있는 어른 옆에 젖은 돈을 말리는 놈이 있다. 죽은 자식을 앞세워 돈벌이를 한다는 거짓말을 버젓이 하고 있다. 움직이지 말라 해놓고 도망 나온 선장과 선원들이 있다. 평범한 사람들이다.

수영을 생각한 건 작년 이맘때, 1주기가 다가올 무렵이었다. 아이들이 가보지 못한 섬을 헤엄쳐 가야지 마음먹었다. 처음 소설을 쓰는 친구한테 상의했다. 배가 여러 대따라와야 하고 돈도 10억 원 이상 든다고 했다. 소설을 쓰는 친구 배에 철망을 두르고 인천에서 제주항까지 건넌다, 우둔한 녀석이 생각해도 현명한(?) 머리였다. 제주도 사는 시인 친구가 제일 많이 반대했다고 한다. 대한해협의 거친물살을 떠올렸던 게다. 죽기로 마음먹은 일이 이렇게 어려울까. 나는 너무 오래 살았다. 사무총장과 가까운 친구에게 정 그러면 작가회의 지부에서 수영 잘하는 친구들을 섭외해서 돌아가며 헤엄을 치자고 제안했다. 모두들 힘들다고 했다. 1주기를 맞아 서울시청 앞 강단에 오르며 속울음을 삼켰다. 4·16 이후에도 서정시는 있는가? 유가족들에게 그 돈을 주는 게 낫다는 말도 들었다. 부끄러웠다.

서산에서 20년을 님세 살나가 고향에 작은 장작실을 지었다. 준공 검사를 받을 때는 민원 업무를 담당하는 공무원이 고함을 질렀다. 참았다. 그래서 논을 썰고 집은 사야 한다는 옛말이 그르지 않다는 걸 깨달았다. 항상 사는 사람보다 들어온 사람이 말썽이라는 모욕적인 말도 들었다. 모욕을 참는 게 인생이로구나.

고향에서는 걷는다. 강 따라 걸으면 두 시간이 안 걸리고, 산 따라 걸으면 세 시간이 넘게 걸린다. 올해 초 작가들이 고향에 대해서 쓴 산문을 단행본으로 받아 읽어보았다. 산에 기댄 채 앞에는 개울물을 끼고 도는, 그야말로 배산임수 형의 옛집을 그리고 있다. 우리나라에서 그런 곳이 없을까. 소위 작가들이 쓴 산문 아닌가. 문득 몇 년 전, 독립기념관 관람 수기를 공모해서 심사위원장으로 채점에 임하던 생각이 떠올랐다. 전국 고등학생을 대상으로 한 큰 행사였다. 상을 받은 학생들은 서울 소재 유명 대학, 4년과 2년 장학생으로 선발하고 상금을 주는 행사였다.

열에 아홉 똑같았다. 어떤 학생들은 문장 구조까지 똑같았다. 인터넷을 보고 쓴 후기였다. 대상은 일본 고등학생 입장에서 쓴 글로 돌아갔다. 우리말을 사랑하는 현역 작가들의 글에서 독립기념관 관람 수기를 쓴 학생들을 떠올린 건, 자랑스럽지 못하다. 아름답지 않은 고향이 어디 있겠는가. 더군다나 어려서 일 아닌가. 그곳 사람들 얘기를 써야 하지 않겠나. 두고두고 아쉬운 대목이다.

걸으면서 자주 보는 게 쓰레기다. 사과, 토마토, 오미자, 쌈 배추, 상추, 한우 농장에서 나온 것들이다. 태우는 것도 모자라 마구 버린다. 그래놓고도 청정 지역이란다. 금강과 섬진강이 발원하는 곳이니, 어지간히 높다. 강원도 사는 후배가 에이, 하지만 높다. 4월 말에도 눈이 내린다. 우리나라 네 번째 큰 산을 품고 있으며 작업실만 해도 해발 500미터가 넘는다. 도로가 해발 540미터, 높은 곳은 800미터가 넘는 곳이 있다. 오죽하면 무진장이겠는가. 배산임수로 따지자면 이보다 더 좋은 곳이 없다. 이건 실제로 들은 얘기인데, 강원도 사는 딸이 전라도로 시집간대서 화가 난 이머니가 신접살림을 차린 청정(?) 지역을 와보지도 않다가, 아이 하나 낳자 할 수 없어서 딸네 집을 다녀 가면서 한마디 했다. 원 골짜기 골짜기 살아봤지만, 강원 도 저리 가라 하고 살고 있구만.

　　작가회의 회원을 보면, 인구 대비 작가들이 제일 많은 곳이 장수 땅이다. 나하고 동네 이름만 다르지 같은 면 출신인 후배 작가는 국립대 교수로 있다. 그곳 사람들이 쓰레기를 태우고 배출하고 있다. 아무리 신고하고 말해도 소용없다. 한나 아렌트가 말한 대로 "진부한 악"이다. 한우 농장만 해도 전임 군수가 축산업자였다. 최근에는 귀농, 귀촌 협의회도 꾸려졌다. 땅값이 많이 올랐다. 모든 게 자본의 논리로 돌아갔다. 화약 저장고와 자원순환센터라는 그럴싸한 이름을 달고 똥 공장이 들어섰다. 모든 게 돈의 논리다. 해마다 얼마씩 마을회관에다 현금을 들이미는데 환갑을 바라보는 중늙은이 보기 어려운 동네에서 말을 하면 입만 아프다. 청정 지역이라고 광고나 하지 말지. 금강이 발원하는 산대, 수대, 야대, 자랑이라도 하지 말지. 밤낮없이 뿌려대는 농약은 말해서 무엇 하나. 물론 저농약으로 생태 순환형 농사를 짓는 사람이 있다. 가물에 콩 나듯이 말이다.

추운 고향에서 비닐하우스가 많아 조사를 해봤다. 꽃을 비롯한 채소는 무엇으로 난방을 하나. 물론 지열난방이 최고다. 초기 비용이 많이 들어가지만, 오래, 무료로 쓸 수 있다. 그전에는 배에 쓰는 벙커C유가 들어와 보일러 기름으로 쓰였다. 불법 같아서 불알친구를 고발하려고 말했더니 요즘은 벙커C유를 쓰지 않는단다. 기름값이 워낙 싸서 면세유를 벙커C유보다 싼 값에 쓴단다.

고향이 모두 좋은 건 아니다. 그날은 볼일이 있어 늦게 읍내에서 들어왔더니 마을회관이 환하다. 돼지고기를 썰고 있다. 협동조합에서 공짜로 준 고기를 저울에 올려놓고 썰고 있다. 멧돼지가 나를 보면 아재라 부르고, 소극적 채식주의자라 나온 고기를 마을 사람에게 내놓으니, 그럼까지 따지면서 저울에 올려놓는다. 아, 그러지 말고 다리면 다리, 갈비면 갈비, 부위별로 나누면 좋지 않으냐고 말 걸었다가 늙은 할머니들한테 핀잔만 들었다. 말이 많단다. 어이구, 그러고보니 인구센서스 조사 때 샘플로 나온 치약, 칫솔을 왜 즈이만 빼놓았느냐고 말하는 사람이 우리 마을 사람들이다. 행정구역 상 20가구가 안 되는 작은 마을에도 이장 선거가 있다. 그까짓 이장, 나보고 하라는 팔십 넘은 노인들이 있다. 나는 농담으로 도지사를 시켜도 부족한 사람한테 이장이라니 웃어넘겼다. 꼬박꼬박 이장 선거를 한다. 아직도 대통령 개인 돈으로 마을회관 보일러 기름값을 준다고 믿는 사람이 있다. 대통령 개인 돈으로 한겨울 공동취사를 하고 총무 월급을 준다고 믿는 노인회 사람이 있다. 눈 오는 하루 종일 종편을 보는 사람이 있다. 나를 빨갱이 시인이라고 대놓고 말하는 사람이 있다. 마을 사람들 이야기다.

선거 날이면 봉고차가 면사무소를 오르락내리락한다. 우리 마을 칠십 대 넘은 노인들은 모두 현 대통령을 보고 찍는다. 아무리 말을 해도 소용없다. 내 친구 중에 서울대 나와서 박사 학위 딴 놈이 있다. 산부인과 의사가 되어 하루 종일 여자 환자만 보는 놈이 있다. 농장 사장 노릇을 하는 놈들이 있는가 하면 날일을 다니는 놈들도 여럿 있다. 세 놈은 술로 먼저 갔다. 군청에서 고위 공무원으로 근무하는 놈들이 있는가 하면 공기업 지사장이라는 놈이 있다. 경찰서장으로 온 놈을 축하하는 자리에 나갔다. 증권사 객장을 지키는 친구 전화를 받고 나간 자리였다. 아니나 다를까, 20여 명 만난 자리에서 모두들 용비어천가를 부른다. 체질적으로 그런 일에 거부감이 들어 밥만 먹고 일어서는 내게 읍내에 사는 동창이 자꾸만 손을 잡는다. 정작 경찰서장 친구는 겸손한 사람이었다. 문제는 주위에 있는 놈들이 문제였다. 이튿날 도청 소재지에서 노래방을 하는 친구에게 전화가 왔다. 방금 경찰서장 친구와 전화를 했다고 자랑한다. 나는 용비어천가를 부른 친구들 이야기를 하면서 다음부터는 다신 그런 자리에 안 나가겠다고 다짐했더니, 대뜸 노래방 친구가 소리를 높인다. 내가 틀렸다고, 내 인생이 잘못됐다고 일방적인 말을 쏟아내더니 뚝 끊는다. 누가 누구에게 하는 말이냐. 이 나이 먹고 누가 잘못 살았다는 말이냐. 나는 이미 수십 년 전에 잘못 살았다고 개한테 빈 적이 있다. 노래방 하는 친구도 경찰서장 친구도 우리하고 똑같이 생겼다. 물론 어른도 삐친다. 화난 것하고 삐친 것하고 혼동하면 안 된다. 잘못한 삶에는 잘못했다고 말하는 나이가 됐다. 내친김에 한마디

하자면 태어난 자체가 잘못한 거다. 빈말이 아니다.

초등학교 동창 중에 한마을에 사는 친구가 있다. 부자 할아버지, 아버지를 둔 덕에 나처럼 객지로 떠돌지 않고 고향을 지키는 친구가 있다. 도시에 살기에는 적합하지 않아서였다. 낮에는 농사를 짓고 밤에는 각시랑 밤 농사를 지어 아들딸을 셋이나 둔 꾀복쟁이는 두어 살 많은 동창이다. 도시에 사는 친구가 찾아왔다. 소주를 여러 병 마신 친구가 꾀복쟁이를 부르란다. 겨울이고, 낮에 산판 일을 했을 친구 생각에 그만 마시고 자자 했다. 내일 만나자 했다. 꼭 부르란다. 전화를 했다. 왔다. 술을 마신 도시 친구가 시골에 사는 동창한테 직격탄을 터뜨린다. 그렇게 나이 많이 먹었으면 국포국민학교를 가지 왜 수분국민학교를 왔느냐고, 왜 동창이 되었는지 말하라고 한다. 뭐 주고 뺨 맞는다고, 술 사고 밥 해주고 재워주기까지 하는 나는 뭐냐? 시골 사는 친구는 나를 우습게 보는군? 화를 내면서 내려가고 술상을 치운다. 이튿날 아침, 도시에 사는 친구는 말없이 가버리고 아직도 마을 친구하고 서먹하다. 상수도 청소하는 날 만나는 친구다. 내 작품에 많이 등장하는 친구다. 도시에 사는 친구도, 시골에 사는 친구도 정다운 이웃이다.

매연을 배출하는 사람도, 쓰레기를 버리고 불태우는 사람도 낯익은 우리 고장 사람들이다. 차디찬 바다 물속에 가라앉은 아이들과 선생들을 인제 그만 잊으라고 말하는 이들도 옆 사람들이다. 자살한 사람을 그만 잊으라고 한다. 죽은 사람들을 어떻게 잊을 수 있나? 봄꽃이 죄 피었다고 난리지만 봄은 아니다. 도다리쑥국의 봄은 왔지만 봄은 아니다. 황사와 초미세먼지가 봄을 몰고 왔지만, 봄은 아니다. 2년이 지났어도 한번 간 아이들은 돌아오지 않고 있다. 아직 보내지 못하고 있다.

4부

시인은

학력이 필요 없다

내 글쓰기의 스승

딸아이가 물었다. 1년에 한 번 생일날 아침이었다.

"아빠 시에는 왜 꽃이 없어?"

"어, 그러냐? 읽었어?"

작품을 다 읽지 않은 걸 뻔히 알고 있는 아빠가 아이한테 되물었다. 생긴 건 물론, 성격까지 똑같은 아이와 싸우는 것은 불을 보듯 뻔한 일이었다. '버럭 공주'와 '불붙은 신나'는 아이 별명들이다. 내 시에 꽃이라는 낱말이 한 번도 등장하지 않는 것은 웃어넘길 수 없는 일이다. 왜 그랬을까? 내가 꽃을 들여다볼 여유가 없었기 때문이다. 꽃을 돌보고 애시중지할 시간이 없었기 때문이다. 모자란

게 많다. 지금도 모자란 게 더 많다.

비단 꽃뿐이었을까? 아내에게는 시를 두 편 썼지만, 아이에게도 아내에게도 살갑게 군 적이 별로 없다. 다른 여자들에게는 예쁘고 안 예쁜 걸 떠나서 수작 건 적이 많았지만, 거부를 당했다. 안에 있는 봉황을 몰라보고 밖에 있는 암탉을 찾은 격이지만. 그게 누구이건 치마를 둘렀으면 모두 여자인 줄 알았다. 꽃인 줄 알았다.

쓰러지기 전까지는 그랬다. 비도 없는 마른장마가 수상하게 계속되던 지난 7월, 나는 쓰러졌다. 그리고 기적같이 다시 일어나고 있다. 그동안 지고 있던 짐, 다 갚고 가라고 살려주신 것 같다. 이자는 못 갚아도 원금까지는 갚고 가라고 살려주신 모양이다. 쓰러지고 나서 후회하면 뭐 하느냐? 술은 딱 끊었다. 여자를 딱 끊었다. 시를 써서 돈을 벌었지만, 돈을 딱 끊었다. 큰형처럼 살기 싫었다. 요양소에서 하루 소주 두 병씩 먹기 싫었다. 담배 두 갑씩 피우기 싫었다. 그렇게 10년을 버틸 바에야 약국 가는 게 낫다. 쥐약을 사는 게 더 낫다.

어머니, 할머니, 고모, 이모, 누나, 여동생한테는 무엇이었을까? 어머니, 누나를 주인공으로 글을 썼지만, 그 외에는 없다. 꽃이 아니었기 때문이다. 삶에 있어서 먹고살기가 죽기보다 어려웠을 때였다. 어머니, 작은아버지, 고모부, 이모부 모두 있지만 보지 못한 거나 다름없다. 처제와 장모에 대하여 쓸 수 있다. 처남과 장인에 대하여 쓸 수 있다. 큰형과 작은형, 막둥이에 대하여 쓸 수 있다. 형수와 며느리들에 대하여 쓸 수 있다. 이 세상에 대하여 쓸 수 있다. 막내 작은아버지는 평택 머슴살이 갈 때 잠깐 뵈었지만, 작품을 쓰기에는 부족했다. 중간 작은아버지는 내 어릴 적 거창 북상면으로 떴다. 제금을 내줬으나 시골 살림이 오죽했으랴. 할아버지, 고모부, 이모부는 내 사전에 없다. 죽었다. 죽은 사람은 말이 없기 때문이다. 하긴, 어머니도 초등학교 6학년을 제대로 함께하지 못했다. 초등학교 3학년 때 빚 청산하고 부산에서 올라오셨으니 말이다. 지금도 후회하는 것은 어머니하고 단 6년을 살지 못했다는 것이다. 어머니 돌아가시기 전까지 채 6년을 함께 살지 못했다. 돌이켜보니 꽃이 없기는 삶에서 드러난다. 내가 아이를 모르든지, 아이가 나를 이해 못하든지, 둘 중의 하나다.

꽃이 없는 삶을 살았다.

내 작품 중에 꽃이 없는 걸 이제야 알았다. 그전에는 몰랐다. 아이에게 지적을 받기 전에는 몰랐다. 동네 아저 씨, 아주머니한테 잘한다. 동네 할아버지, 할머니께 잘한 다. 아버지, 어머니께 잘못한 걸 뒤늦게 후회하기 때문이 다. 꽃이 없는 삶을 보충하기 위해서다. 내 목숨을 내놓지 않는 한, 뭐든지 한다. 오죽하면 동네일 하느라 아내와 헤 어지는 길도 배웅 못 한 적이 많았다(그렇다고 이장 같은 직위에 눈독 들였느냐면, 그것도 아니다. 이장 자리가 탐 났다면 주민등록 이전부터 했을 것이다).

그렇다면 내 글쓰기의 스승이 누구냐? 뭐냐?

혹자는 친구입네, 스승입네 하지만 나에게는 역경이 아닐까? 역경이 없었으면 내 글쓰기는 없었을지도 모른다. 삶이 목숨에 턱 와 닿았을 때, 아! 끝이구나, 이렇게 끝이 나는구나 할 때, 시는 끓어 넘쳤다. 문학은 그렇게 나를 구 원했다. 문학이 없었다면 나도 없다. 아직도 내 스승들은 나를 몰라본다. 내 역경이 끝이 난 게 아닌 것이다. 내 글 쓰기의 스승은 역경인 것이다.

이렇게 써놓고 보면 꽃은 스승이 아닌 것은 분명하다. 하지만 운동 다닐 적에 나를 만난 국민학교 동창들은 말한다.

"그래도 여자만 한 스승이 어디 있겠냐? 시를 쓰려면 여자를 알아야지."

여자를 몰라서 하는 말이다. 내 나이 벌써 환갑이 다가온다. 오십대 후반을 살아도 여자는 모르겠다. 아내와 딸아이가 그 전보다 좋아져도 할 수 없는 일이다. 여자가 좋아도 할 수 없는 일이다. 시가 오기 바란다. 안 와도 상관없다. 오면 얼른 받아 적는다. 아빠 시에는 꽃이 없어. 제대로 역경이 나를 덮친 적이 없기 때문이다. 할 수 없다. 앞으로도 꽃은 없을 것이다. 꽃 같은 삶은 없을 것이다.

여기까지 오느라 고생 많았다

　젊어서 술 먹다 지치면 당구장에 가끔 갔다. 친구들이 한 두어 시간 당구를 치면 그냥 멀거니 앉아 있었다. 알아야 훈수라도 두든지 말든지 하지. 주인이 내온 음료수를 마시거나, 짜장면을 먹거나 그도 아니면 당구장 아래 술집에서 기다렸다. 후배가 한마디 했다. 형은 왜 당구도 못 치는 거여? 그건 질문이 아니라 타박이었다. 당구를 못 배워서 그렇다. 친구들이 한창 대학 다니며 당구장을 드나들 때 나는 여러 공장을 전전했다. 막노동을 하면서 벽돌을 나르고 식당에서 설거지를 했으며 중장비를 운전했다. 학력 별무였다는 소리다. 이건 자랑도 아니고 숨길 일도 아니다. 그냥 그렇게 살아왔다는 말이다. 노래방도 마찬가지다. 노래와 담쌓고 산 지 오래다. 노래를 부르라면 부르기는 하지만 박자가 전혀 안 맞는다. 한마디로 박치다. 콩나물 대가리를 읽지 못한다. 음악 교육을 전혀 받지 못했다. 감정만 최고다. 잡기가 없는 것은 조금 불편하지만 그렇다고 삶에 영향을 미치는 건 아니다. 어울리지 못해 좀 외로울 뿐이다.

70년대에는 지금처럼 SNS가 발달하지 않았다. 대신 펜팔을 많이 했다. 어정쩡하지만 무난한 '취미는 독서'라고 적었다. 그건 나이든 요즘도 마찬가지다. 활자 중독증에 걸렸나, 신문이 오지 않는 일요일 하루를 못 견딘다. 어디 가나 손에 읽을거리를 쥐고 있어야 불안하지 않다. 옛날에는 돈이 없어 책을 쌓아놓고 읽지 못했다. 읽어야 할 책이 쌓여 있을 때 부자가 된 듯 뿌듯하다. 책 들고 있을 시간이 제일 맘이 편하다. 모든 근심 걱정이 밀려나 살아 있는 느낌이다. 아마 가방끈을 일찍 떠나 제때 공부하지 못한 상처에서 오는 것일 게다.

칼바람 속 차가운 광장 바닥을 체온으로 날순 지난

겨울, 주말마다 시골에서 서울을 오르내리기 만만치 않은 여정이었다. 한번 다녀오면 일주일이 피곤했다. 몰상식과 몰염치가 판치는 세상에서 신문을 읽어도 부아가 치밀었고 책에 집중해도 울분이 가라앉지 않았다. 3월 둘째 주말, 마지막 촛불을 밝히고 내려왔다. 삼년상을 치르고도 돌아오지 못하고 있는 세월호 아이들과 진정한 봄을 기다린다. 부모는 죽어서도 기다린다.

마을, 면, 군마다 숨어있는 발전위원회는 무엇 하는 곳인가. 발전 안 했으면 좋겠다. 예를 들어 한국도로공사는 무엇 하는 곳인가. 꼬불꼬불한 길을 곧게 만들면 능사인가. 그러잖아도 좁은 국토에서 더 이상 새로 도로를 뚫지 말고 보수하고 유지하면 어떨까. 좀 불편하게 살자. 좀 가난하게 살자.

박남준이나 한창훈처럼 음악을 듣고 살면 얼마나 좋을까. 나는 음악을 모른다. 그들이 녹음해주면 듣긴 듣는다. 절대 잘난 척하는 말이 아니다. 오히려 그 반대다. 드러내놓자니 미안하고 숨기자니 쪽팔린다. 이정록처럼 재담이 좋은 것도 아니다. 말을 배우지 못하고 살아왔다. 술과 담배도 마찬가지다. 웃음이 없는 삶을 살아왔다. 자랑할 것도 없다. 나이를 먹고나니, 내가 할 수 있는 게 아무것도 없다.

어렸을 적에는 갱상도 보리 문뎅이(문둥이는 文童이었다. 국민학교 들어가기 전에 어문과 구구단을 뗐으니)라고 놀리더니 사춘기부터는 전라도 놈이라고 욕을 한다. 큰 집은 부산에 있고 처가는 충청도에, 외가는 여수에 있고 군대 3년은 경기도 양평에서 보냈다. 서울에서 18년, 서산에서 20년 넘게 살았다. 나는 강릉 유가다. 아무 잘못이 없이 태어났다(태어난 게 죄다). 디아스포라가 따로 없구나. 슬프다.

커서도 마찬가지였다. 공 가지고 노는 모든 게임에 젬병이었다. 바둑도 군대 가서 방위병들에게 배웠다. 두 집 나면 살았다 할 정도다. 새까맣게 깔면서도 표정은 숨길 수 없어 자주 벌게졌다. 한마디로 실력은 없으면서 승부욕은 있었단 얘기다. 승부욕이 조금 남아 있었지만 요즈음 그것도 버렸다. 유일하게 잘하는 게 풀을 베거나 나무를 하는 일인데 그런 일로 승부를 본 적은 없었다. 책을 보거나 신문을 읽는 것은 그냥 습관이다. 내가 할 수 있는 일이 이것밖에 없다. 이게 그나마 내 푼수에 가장 잘 맞고 가장 잘 할 수 있는 놀이나. 이세 죽어도 상관없다. 여기까지 오느라 고생 많았다. 슬프다.

수분국민학교 친구들

산이는 불알친구다.

엊그제 어머니 장례식장에 갔다. 삼산이떡(삼산리댁)은 88세로 요양원에서 눈을 감았다. 일찍 돌아가신 아버지와, 폐병으로 고생한 작은딸을 대신해 오래 살았다.

산이는 나하고 비슷하게 살았다. 국민학교 2학년을 끝으로 문교부(교육부) 혜택을 받지 못했다. 관절염이 원인이었다. 오래 서 있지 못하는 산이의 고통을 몰랐던 나는, 큰 도시 빵 공장으로 이끌었다. 무덤에다 지게를 놓고 어머니 용돈을 훔쳐 도망을 했다가 두 달을 못 버티고 퉁퉁 부은 다리를 자전거 뒤에 태우고 말았다. 대흥동 주차장에서 동아여객을 태워 고향으로 보낸 다음, 나는 울었다.

산이는 작은 키와 험상궂은 인상을 가졌다. 짧은 머리와 날랜 주먹을 가지고 있었다. 방방 날았다. 특히 술을 먹으면 적수가 없었다. 그의 아귀힘에 당하지 않는 사람이 없었다. 덩치가 두 배가 큰 상대가 나가떨어지는 것을 한두 번 본 게 아니다. 산이는 학력 별무였지만, 해병대 나왔다고 큰소리를 쳤다. 가끔은 대입 검정고시 학원증과 설비기사 2급 자격증을 가라(가짜)로 끊고 다녔다. 거짓말을 밥 먹듯 하고 다녔다. 나를 앞에 두고 k대 법학과를 나왔다며, 공부 잘 못하여 검사 될 놈이 시인 되었다며 주절거렸다. 순천 모 여고를 나온 순진한 여자가 그의 꾐에 빠져 첫 아이를 낳기도 했다. 아마 산이보다 잘생긴 아이는 키도 클 것이다.

산이에게 친구들한테는 연락하라고 했다. 13회 총무 전화번호를 건네며 연락하라고 했지만, 고개를 저었다. 불알친구 하나, 사회 친구 하나, 딱 두 명만 불렀다. 술 먹다가 10년 만에 공식 자리에 나왔는데 폐 끼치기 싫다는 게 이유였다. 삼산이떡하고 술 한잔 먹고, 딱 두 번 울었다.

　열이는 초등학교 동창이다.

　산이하고도 잘 안다. 열이는 학교 다닐 때 버스 뒷바퀴에 치여 한쪽 발을 잘 못 쓴다. 키가 껀정(껑충)하고 대머리인 열이는 두 번 결혼했다. 군청에서 주례를 선 결혼이었다. 첫 번째 여자는 스물다섯 살, 베트남 여자가 늘 그렇듯이, 예뻤다. 고등학교까지 나온 베트남 처녀와 결혼할 때 우리는 입이 귀에 걸린 열이를 보았다. 자아식, 복도 많네. 딸 같은 아이하고 결혼했구먼. 예쁜 베트남 처녀는 두 해를 견디지 못하고 내뺐다. 밤봇짐을 싼 거였다. 두 번째 여자도 베트남 처녀였다. 2% 부족한 여자였다. 시골에서는 낮에 바쁘고 밤에 한가해야 하지만 그이는 낮에 한가하고 밤에 바쁜 여자였다. 그것도 남편(?)이라고, 여보야만 찾는다. 서른다섯 살, 베트남 처녀는 열이와 결혼해서 딸 둘을 낳았다. 얼마나 예쁜지 모른다. 읍내 초등학교와 유치원을 고물 트럭으로 꼭 데려다준다. 그때마다 할아버지가 손녀들 데리고 왔다고 칭찬이 자자하다. 딸 둘은 예쁜 데다가 공부도 잘해서 모두 1, 2등을 한다. 열이는 자글 자글한 주름살을 만지며, 저것들 시집갈 때까지는 살아야 할 텐데……, 걱정이 많다. 읍내 식당이나 찻집에 가서 혼 날 때가 많다. 모르는 사람들은 십중팔구 왜 어르신한테 반말이냐고 나를 혼낸다. 나는 억울할 때가 많다.

열이가 한번은 장날 오전에 고물 트럭을 몰고 바구리 봉 집으로 올라갈 때였다. 한농중앙연수원을 보고 마악 차가 수남 쪽으로 올라갈 때였다. 꼬부랑 할머니가 기어가 고 있었다. 열이가 차를 세웠다.

"할매, 어디 가요?"

"개정리 가요, 개정리."

"타요. 나 바구리봉 가는디, 할매하고 같은 방향이 구만."

한참만에 차에 올라탄 할매가 가쁜 숨을 몰아쉬었 다.

"할매, 할아버지는요? 할아버지 함자가?"

열이는 없는 문자까지 썼다.

"할아버지? 할아버지는 장에 콩 팔러 갔는지 깨 팔러

갔는지 소식이 없소."

"그래요? 올해 어떻게 되시길래?"

할매는 한숨을 포옥 내쉬더니 한마디 했다.

"살아 있으면, 올해 일흔여섯인가…… 아매, 아자씨 또래는 됐을 것이요."

듣고 있던 우리는 웃음을 참을 수 없었다. 열이는 한 술 더 떠서 할매가 보름날까지 찹쌀밥을 해놓고 기다릴지 모르니 보름날 저녁에 들러본다며 싱긋 웃는다. 그런 열이 가 밥을 다 먹고 심각하게 고추 얘기를 한다. 요즘 들어 탄 저병이 심하게 들었는지 아예 설 생각을 안 한다고 한다.

"군 보건소에 얘기해서 비아그라 처방받아 봐."

"안 그래봤까디? 얼굴만 뻘게지지 서지를 않아. 저번 에는 복권방에서 놀다 일부러 10시 넘어서 집에 갔구만. 언덕에서 보니깐두루 불이 희미하게 보여. 무조건 기다렸 지. 불이 탁 꺼지는 걸 보고 집에 들어갔다니께."

"마누라가 보채남?"

"야, 마누라는 한창때 아니냐. 내 머리카락이 하나도 남아 있지 않은 게 마누라 때문이여. 애기, 우리 애기하면서 막 달려들어 봐라. 얼마나 무서운가."

"빠리넬리 찍어야 되겠구만. 식이가 밑에서 허구, 열이는 얼굴만 뵈여주구."

"그래야 될랑가 모르겠어."

눈이 소담스레 내리던 날, 열이와 마주 앉은 일이 있다.

"어디론가 떠나고 싶다."

"와, 언제 시인이 되었냐?"

"용주 늬가 쓰는 시는 시도 아니다."

농협 대출 한도를 넘어 자꾸 독촉장이 날아온단다. 야반도주할 때 연락한다며 담배를 물고 길게 뿜는다. 발길 한번 잘못 들어 인생 조졌다며, 발길 잘 돌렸으면 지금쯤 하얀 옷에 백구두 신은 신사가 되어 노래나 부르는 노년이 되었을 거라고 최병걸을 읊조렸다. 이빨 빠진 열이는 한때 우리 삼동네 애연, 애주가협회 회장이었다. 그의 아버지가 알코올 중독자였다. 그의 남동생도 알코올 중독자였다. 동생을 읍내 터미널(우리는 주차장이라고 불렀다)에서 만나면 형님 술 좀 사주유, 인사를 한다. 만날 때마다 그러기에 막걸리를 사줬더니 고개를 저었다. 소주를 대 글 라스로 마신다. 나는 안주를 먹고 동생은 안주를 안 먹었 다. 아버지는 열이 어렸을 때, 동생은 지난여름에 죽었다.

　　수분국민학교 동창 서른다섯 명 중에서 세 명이 죽 었다. 진수, 영수는 큰 키에 얼굴이 곱상한 놈들이었다. 내 가 일찍이 서울에 올라와 온갖 밑바닥 생활을 할 때 번듯 하게 중, 고등학교를 나온 놈들이었는데 술로 죽었다. 결혼 한 아내들이 술을 숨겨도 소용없었다. 산골에서 논에, 밭 에, 거름 속에 숨겨둔 술병을 어떻게 찾나? 간경화로 복수 가 차 헐떡이는 놈들을 의료원 병실에서 마지막으로 봤 다. 영수, 진수 무덤 앞에서 산이와 열이는 술을 끊었다. 대 신, 하루 담배를 두 갑 핀다. 커피를 스무 잔 넘게 마신다. 기석이는 술 먹고 건축 현장에서 떨어져 죽었다. 우리 동 창 중에 가장 힘이 세고 덩치가 좋은 놈이었다.

　　고향에 꾀복쟁이 친구가 대여섯 명 남았다. 나에게 는 축복받을 만한 사건이다. 빚이 몇억 원 넘는 과수농장 사장이 있는가 하면, 권이 같은 놈도 한동네에 산다. 권이는 키가 작고 여자같이 이쁘게 생겼다. 큰딸이 남원 춘향제에서 3등을 할 정도로 미모가 뛰어나다. 문제는, 그 새끼가, 보통 57년에서 61년에 태어난 우리 학교 동창이라는 데 있다. 꼬찔찔이라고 나한테 많이 맞고 자랐다. 보통은 봄, 여름, 가을에는 농사를 짓고 겨울에는 산판을 한다. 가끔 취수장 청소 끝나면 마을회관에서 만난다. 만나면 아는 척을 해야지, 꼭 내가 먼저 인사를 해야 마지못해 말을 한다. 인구 총조사 때 샘플로 나온 칫솔에서 사과농장에 거저 갖다 주는 거름 샘플까지 나눠주지 않는다고 큰소리 치는 작은 마을에서 친구는 하느님보다 높은 사람임이 틀림없는데 말이다.

동창회장인 호가 광주에서 왔을 때였다. 권이를 부르란다. 나는 권이 평소 마음을 잘 알아서 술이 깬 다음에 부르려 했다고 얼버무렸다. 그런데 밤 10시가 넘은 시각에 꼭 부르란다. 불러서 소주를 따라야만 호가 기분이 더 좋아지려나 보다. 산판 해서 피곤한 권이를 전화로 불렀다. 왔다. 소주 세 병을 먹은 호가 불같이 화를 낸다. 야, 인마, 동창은 동창이지 무슨 나이를 따져. 그럴 거면 국포국민학교를 가지, 왜 수분국민학교를 나와 동창이 됐느냐고 고래고래 고함을 지른다. 소주 몇 잔을 먹은 권이, 그러면 지금 나를 우습게 보는 거여, 뭐여, 하면서 내려가버린다. 나는 뭐냐? 술 사지, 밥 사지, 재워주지, 호는 내일 아침 광주로 떠나면 그뿐, 한 동네에서 같이 사는 나는 뭐냔 말이다. 분명, 서너 달은 권이 나를 아는 체 안 할 것이다. 우리 선배들하고 동갑계를 하는 권이는 나이를 누구보다 애지중지한다. 마을회관에서 만나면 무슨 말부터 하지?

이렇게 산다. 내일모레 환갑인 친구들하고 어울려 살고 있다. 거짓말을 밥 먹듯이 하고(오죽하면 그럴까) 나이를 많이 먹어 보이든, 실제로 나이를 많이 먹었든, 수분국민학교 13회(학교는 폐교되었지만) 내 친구들이다.

물과 기름

H를 처음 만난 곳은 보험 대리점이었다. 지금은 호수 공원이라는 멋진 이름이 붙었지만, 원래는 똥 방죽이었다. 시민들이 싸질러놓은 온갖 오물들이 그리로 모여들었다. 대리점장은 지역 진보계에는 꽤 알려진 인물이었다. 현장에서 일을 하던 나는, 그의 소개로 H를 알게 되었다. 족발과 소주를 시켜놓고 한잔하는 자리였다. 나는 그때 소주를 물처럼 마셨다. 술이 몇 순배 돌자, 누구 입에선지 마르크스 얘기가 나왔다. 잘 모르지만 현장에서 일을 하는 나는 마르크스를 두둔하는 말을 했다. 그때 H가 비판적인 말을 했다. 한잔한 나는 똥 방죽으로 가자고 했다. 주어 패

고 싶었다. 결투를 해서 이기는 쪽 의견을 따르자고 했다. 그냥 순순히 항복할 줄 알았다. 그런데 H는 그러자며 일어섰다. 요것 봐라, 깡다구가 보통 아닌걸, 첫눈에 봐도 H는 약골이었다. 키는 나하고 비슷했지만 말랐다. 무슨 대학에서 경제학을 전공했다는데 내게는 개수작에 불과했다. 똥 방죽에 끌고 가서 한 방 먹이는 작업은 무위로 끝났다. 선배가 말리고 술을 더 권했기 때문이다. 씩씩거렸지만 호기는 인정하기로 마음먹었다. 일이 없는 겨울이었다. 바깥에선 바람이 거세게 불고 눈이 펑펑 내렸다.

봄이 왔다. 나는 그 일을 까마득히 잊고 일을 열심히 했다. 겨울에 논 일상을 보충하기 위해 아무 생각 없이 몰두했다. 아파트 1층 슬라브 공사를 하던 내 앞으로 금방 뺀 자가용이 스르륵 멈췄다. 짙은 바다색 양복을 입은 H가 90도 고개를 숙이고 인사를 하는 게 아닌가. 거기다 호칭을 선생님이라 하여 동료들 벌어진 입을 다물지 못하게 했다. 내 별거 아닌 신분이 뽀록나는 순간이었다. 지나가다 봤단다. 형식적으로 인사를 나누고 비 내리는 날 만나자고 했다.

그는 금수저였다. 아버지는 소금 장수로 부를 축적했다. 나를 만날 당시 여든이 넘은 나이에도 직접 통장으로 이자를 받아 챙겼다. 비행장으로 논이 6만 평 가량 흡수되었지만 2만 평이 남아 있었고, 비행장 옆에 잘 지은 2층 집은 세준 상태였다. 또한 지방 토호가 늘 그러하듯 시내에 집과 빌딩과 여관이 있었다. 다량의 땅과 산은 덤이었다. 아버지보다 네 살 아래인 엄마는 심장이 좋지 않았고, 근처 면사무소에 사는 매형과 조카를 둘 두었다. 눈치 빠른 사람은 알고도 남았겠지만, 누나는 꽃다운 나이에 교통사고로 먼저 갔다. 매형은 재혼 안 하고 아이 둘을 키우면서 명절 때나 장인, 장모 생일날 왔다. 조카들은 H를 잘 따랐다. 군대 간 막내, 장비를 운전하는 바로 밑 남동생은 농고를 겨우 졸업한, 공부와 담쌓은 지 오래된 사람이었다. 3남 1녀 중 장남인 H였다.

H는 이마가 좁고 귀가 얇았다. 반곱슬머리에 코가 쪼뼛하고 입술이 두툼했다. 나보다는 다섯 살 아래였다. 우리는 비만 오면 만났다. 나중에 H가 금수저 출신이라는 것을 알았지만 흙수저인 나는 개의치 않았다. 마음속에

돈이 많은, 준재벌 아들을 두었구나, 든든하게 생각했나 모르겠다. 지금은 그와 헤어졌기 때문이다. 그와는 정치색이 달랐다. 흔히 얘기하는 대로 그는 금성에 살고, 나는 화성에 있었다. 출신 성분은 무시 못했다. 그는 한나라당을 응원했고 나는 민주노동당을 옹호했다. 이유는 모른다. 타고 나길 그렇게 태어났나 보다. 많은 다름 속에서도 우리를 묶어주는 게 육식을 싫어하고 해산물을 좋아한다는 것이었다.

그러나 그때는 친했으므로 현장 일이 없으면 만나 술을 퍼먹었다. 그와 나를 엮어준 선배가 심근경색으로 갑자기 세상을 떠서 더 가깝게 지냈다. 선배는 보험이 잘 되어 터미널 앞으로 사무실을 옮기고 외판원을 많이 고용하여 사업이 날로 번창하던 시기였다. 그놈의 술이 원수다. 계약을 갱신하러 온 친구와 술자리에서 과음을 했단다.

H의 아버지가 아흔이 넘으면서 통장과 도장을 맡겼다. 군대 간 막내가 제대하자 최신형 자가용을 사주기도 했다. 철들자 망령이라더니 별명이 자린고비인 아버지도 좋은 일 한다고 돈을 썼으나, 마가 끼었다. 막내가 시운전

한다고 방조제에서 시속 200킬로미터로 달리다가 바다에 빠지고 말았다. 방조제가 끝나고 완만한 커브길에서 꺾지 못했다. 3남 1녀에서 졸지에 2남만 남았다. 남이 볼 때는 재산이 불어난 거다. 막내는 결혼을 하지 않아 화장하여 뼛가루를 바다에 뿌렸다. 나도 장례식장을 갔다. H는 바다를 바라보며 슬피 울었다. 곧, 심장이 불규칙하게 뛰던 엄마도 저세상으로 갔다. 이제 남은 건 아버지다. 아버지는 식탐이 많았다. 부정맥으로 약을 달고 살아온 엄마가 저세상으로 가고도 한참을 더 살았다. 간병인을 몇 번 바꿨다. 늙고 뚱뚱한 아버지는 회를 좋아했다. 자다가도 회라면 눈을 뜰 정도였다. 아나고나 우럭회를 떠오면 혼자 3킬로그램도 좋고 4킬로그램도 좋았다. 문제는 괄약근이 조절 안 되어 똥을 너무 많이 싸는 데 있었다. 그 아버지도 세월을 못 이겨 백세를 앞에 두고 눈을 감았다. 똥칠할 때까지 산 셈이었다. 산소 자리까지 따라간 나를 두고 장비를 운전했던 바로 밑 동생이 한마디 했다. 눈에 보이는 데까지가 우리 산이에요. 동생은 그사이 결혼을 해서 아이를 둘 두고 각시랑 꽃집을 하고 있었다. 낮은 산은 한도 끝도 없었다. 결국, 둘만 남았다. 그런데도 H는 동생이 꽃집을 차릴 때, 땅과 건물을 공동명의로 했다. 아버지로부터 물려받은 많은 땅과 건물과 주택, 예금 이자까지 얼마나 부자냐. 99개 가진 사람이 1개를 더 취해, 100개를 채운다더니, 그 말이 맞구나. 내 성격 같으면 하나밖에 안 남은 동생, 주고도 남는다. 금수저는 동생도 못 믿나. H의 또 다른 별명은 왕소금이었다. 이것도 내 편견이다.

　H랑 술 많이 마셨다. 술값은 당연히 H가 냈다. H가 아홉 번 내면 나는 한 번 냈지만, 당당했다. 이상하게 H 앞에서는 꿀릴 게 없었다. H는 아가씨 나오는 술집을 좋아했다. 내가 보기에는 그 정도 술값이면 2차를 가도 되련만, 그는 절대로 2차를 가지 않았다. 한번은 술집에서 양주를 마셨다. 큰 양주를 네 병이나 마셔댔으니 안 취할 도리가 없었다. 우리는 H 집이 바라보이는 언덕에서 잠이 들었다. 노숙자가 된 것이다. 범죄자들 보기에는 이런 군침도는 먹잇감이 없을 터였다. 속칭, 네다바이를 당했다. 근데 H는 술이 덜 취했나 보다. 나는 완전히 곯아떨어져 주머니를 누가 뒤졌는지 생각이 안 나지만, H는 순간 눈을

번쩍 떠서 도둑을 놀라게 했다. 도둑이 줄행랑을 놓았다. 애꿎은 나만, 주민등록에 카드에 재발급 받느라 시간과 돈, 많이 들어갔다.

H랑 점점 친해졌다. 술이 매개 역할을 톡톡히 했음은 물론이다. 나중에는 지하에 있는 커피숍을 공동 운영하기도 했다. 돈을 똑같이 투자하고 운영은 내가 맡았다. 커피숍은 그럭저럭 운영되었지만, 나는 보기와 달리 감옥에 갇힌 신세였다. 아침 문 여는 시간에서 밤 문 닫는 순간까지 자유 시간이 없었다. 더군다나 이름값 한다고 가게에서 아는 사람과 술 먹는 날에는 새벽까지 붙어 있어야만 했다. 몇 달 하다가 그만뒀다. 손해가 났지만 지겨웠다. 나는 다른 세상을 꿈꾸었다. H는 아쉬워했지만 그만두기 잘했다. 그 뒤로도 술친구로 꾸준히 만났다. H가 돈벌이를 안 한 건 아니었다. 기획사를 운영하다 문 닫고, 중고 요트를 팔기도 했다. 모두 돈하고는 거리가 멀었다. 오히려 돈을 까먹었다. 손해나는 장사를 한 셈인데, 원래 인생이 그런 거 아니냐.

H는 12년 동안, 문화원 사무국장을 했다. 나는 틈만

나면 문화원으로 갔다. H는 친구가 없었다. H는 중요한 일이거나, 중요하지 않은 일이거나 나하고 상의했다. 일테면 이런 일이다. 12년 동안 사무국장을 했으니 원장을 해보고 싶다는 거였다. 그야말로 웃기는 짜장면이었다. 그런 면사무소가 있다면, 안 돼! 라고 큰소리쳤을 것이다. 너는 까마리(감)가 아니니 그냥 사무국장으로 만족하라고 입바른 소리를 했다. 언제나 나는 사실만을 이야기했다. 사실, 원장은 이사들의 투표로 결정되는데, H는 한 사람의 이사도 자기편으로 만들지 못했다. 다 아는 얘기지만 지방 도시 문화원 사무국장 자리는 월급을 제대로 받는 자리는 아니었다. 월급보다는 자기 돈이 많이 나가는 자리였다. H에게는 딱 맞는 자리였다. 또한 H의 삶이 아버지와 다른, 땀 흘려서 이룩한 삶이 아니니, 너는 죽을 때까지 베풀고 살아가라고 충고했다. 내 충언을 받아들여, H는 몽골 내복 보내기 운동, 동전 모으기 운동을 했다. 그러나 내가 보기에는 시늉뿐이었다. 전력을 다하지 못하는 느낌이었다. 한때는 나와 잘 아는 지방대를 나와 시민단체에서 일하는 S를 위해, 한 다섯 번 이사를 해준 적이 있다. 쌀을 마루에

210

다 놓고 오기도 했다. H에게는 가장 빛나는 시간이기도 했다. 거기까지였다. 한계가 분명 있었다.

언젠가 H의 집에 가보니 붓을 잡고 있었다. 그와 한문이라, 나는 웃음을 터뜨렸다. 넥타이에 삼베 중의中衣, 이건 해도 해도 너무한 것이 아니냐. 집에 조그만 연못을 놓아 금붕어와 난초를 키우기도 했다. 딸아이와 아내가 학교에 가면, 자기 덩치보다 큰 개를 끌고 산책을 했다. 나는 체질적으로 개를 싫어한다. 내가 개보다 못하기 때문이다. 또한 분재나 인공 연못을 싫어한다. 싫어하는 짓만 골라 한다. H는 장가도 잘 들어 아내가 선생이었다. 가만있어도 복이 통째로 굴러 들어온 형국이다. 최근에는 아내가 당뇨로 고생한다는 말을 들었다. 옛날에 얼핏 들었던 기억이 난다. 나는 무조건 시간 나는 대로 걸으라고 했다. 먹는 것을 조심하라고 충언했다.

H와 내가 공통으로 가지고 있는 것은, 딸아이 하나와 운이 좋아 학교에 나가는 아내를 둔 것뿐이었다. H의 딸은 지방 국립대 유아교육과를 다니고 있었는데, 임용고시에 합격했나 모르겠다. 아버지와 달리, 참 착했는데. 우

리는 많이도 돌아다녔다. H가 차가 있어서였다. 운전할 때, 오른쪽으로 비스듬히 고개를 꼬는 버릇을 H는 가졌다. 등산을 즐겨서 자주 산을 올랐다.

H는 Y대학 경제학과를 졸업했다. 지방에 있는 캠퍼스였다. 나는 학벌하고는 거리가 멀어 대학을 차별하지 않는다. 학연도 마찬가지다. 그런데 H는 끝까지 나를 속였다. 지방 분교면 어떠냐. 나는 속이지 않는 H의 맨 얼굴을 원했다. 지방 캠퍼스를 나온 걸 어떻게 알았느냐고? 그건 H의 책 뒤 갈피에서 보았다. 책을 좋아한 내가, H의 책을 빌려온 게 우연히 알게 된 배경이었다. H는 책을 사면 한문으로 과와 이름을 표기하는 버릇이 있었다. 졸업한 지 오랜 시간이 흘렀지만, 사인은 변하지 않는다. 나는 알면서도 모른 척했다. H가 언젠가는 이실직고하기를 희망했다. H는 끝내 실토하지 않았다. 나는 실망했다. 뭐, 대학이 그렇게 중요하단 말인가. 헤어져야 할 이유가 하나 더 늘었다. 고생을 안 해봐서 똥고집이 센 H, 노래방엘 가면 <사노라면>과 <킬리만자로의 표범>을 즐겨 부르던 H, 나도 박치지만 H는 바자를 몰랐다.

우리가 헤어진 것도 밥집에서였다. 늘 그랬듯이 반주로 소주를 시켰다. 나는 그때 한창 부동산 경기가 좋은 도시를 얘기하며, 내가 앞으로 살아갈 곳에 전세가 좋을지, 대출을 받아서라도 집을 사는 것이 좋을지, 조언을 구했다. 아무래도 천둥벌거숭이인 나보다 경제와 부동산을 잘 아는 H가 더 나아 보였다. 그러나 H는 짜증을 냈다. 우리는 너무 오래 만난 것이다. 20년이 훨씬 넘는 세월을 같이했다. 그리고 세를 사는 나에 비해 아버지에게 물려받은 집이 있는 H는 한 번도 고민해본 적이 없는 일이었다. 나는 미련 없이 자리를 털고 일어섰다. 내심, H가 잡아주길 바랐다. H는 잡지 않았다. 진정한 친구는 이쪽에서 "어!" 하면 저쪽에서 "아!" 해야 하는데 우리는 그것이 없었다. 서로 이익을 위해 만났던 사이였다. 이득을 위한 사이는 끝까지 못 간다. 장사하는 사람들이 하는 수작에 불과하다. 우리나라는 유독 학연, 혈연, 지연이 많고 그 뿌리가 깊다. 그 인연을 끊지 못하면, 선진국으로 갈 수가 없다. 그 연을 깨뜨리지 않으면, 독립된 인간으로 설 수 없다. 혼자 살 수 있어야 진정한 어른이다. 몇 달 지나, 호수공원에서 운동하는 H를 봤다. 다른 친구와 시내를 나가던 참이었다. 나는 고개를 돌렸다. 두 번 다시 H를 보고 싶지 않았다. 우리는 애초에 만나지 말았어야 했다. 나는 그걸 깨닫지 못하고 마음속으로 계산을 하고 있었다. 오늘도 똥물은 변함없이 냄새를 풍기며 흐른다.

부끄러움에 대하여

지금도 혼자 생각하면 낯이 뜨거워지는 장면이 있다.

국민학교 입학식을 교실에서 했다. 교장 훈화가 너무 길어서 오줌을 쌌다. 오줌을 싼 녀석은 나 한 사람이었다. 4학년인가, 5학년인가, 읍내에서 하는 글짓기 대회에 갔다. 글짓기를 잘해서 뽑혀나간 것보다는 성적순이 아니었나 싶다. 어머니가 반바지를 새로 사줬다. 짙은 바다색 반바지는 너무 컸다. 나이보다 대여섯 윗 치수로 사는 것은 자연스러운 일이었다. 나는 처음으로 짜장면을 맛보았다. 글은 입상을 못 했지만 나를 데리고 간 선생님은 점심시간이 되자 중국집으로 향했다. 내 영혼을 팔아도 그 짜장면

맛을 잊지 못한다. 커서 반드시 중국집 주인이 되리라. 짜장면 맛에 팔려 학교 앞 주막에 내릴 때, 반바지가 찢어졌다. 나는 어머니한테 맞는 거보다 누가 볼세라, 찢어진 반바지를 꽉 움켜쥐었다. 어머니 바느질 소리와 한숨은 산골을 타고 넘었다.

학력 별무지만, 중학교 1학년 맛은 봤다. 도회지에서 식모살이하는 누나 덕이었다. 입학식 날, 읍내 아이들은 크고 잘생겼다. 교복을 다 맞춰 입고 왔다. 키 작고 꾀죄죄한 나는 교복도 사 입었다. 그 차이는 엄청나게 컸다. 하필 입학식 날은 추웠다. 나는 코를 심하게 콜록거렸다. 참석한 누나가 손수건으로 코를 닦아줬다. 그 뒤로 내 별명은 코찔찔이가 되었다.

제법 커서 공장에서 일을 했다. 그때는 타블로이드판이 신문에 허울을 쓰고 낯 뜨거운 젊은 여자들 비키니 입은 모습을 자주 실었는데, 사장 동생이 애용했다. 나는 그들의 풍만한 몸매를 찍은 신문을 못 견디게 그리워했다. 신문은 일주일에 한 번씩, 사장 동생이 사서 가지고 왔다. 가게에 있던 신문을 ㄱ누고 있다가 공장 일이 끝난 뒤, 드디어 독차지하였다. 공장 바닥에 신문을 펼치고 신탁은행 여직원 라커룸을 훔쳐보던 장면을 떠올리면서 마악 속옷을 내리려는 찰나, 형이 그새 내 이름을 부르며 신문을 찾는 게 아닌가. 나는 들켰다. 형은 내 몸에서 돼지 냄새가 난다고 말했다. 형이 음악을 좋아해서 독수리 표 전축을 가지고 있었는데, LP판이 많았다. 형이 외출한 날, 킹 크림슨의 <에피타프>를 크게 틀어 인근 파출소로 두 번 끌려간 적이 있다. 그때는 야간 통행금지가 있던 시절이었다. 신원보증인으로 퇴근한 사장이 왔다. 가게 야전침대에서 웅크리고 잠이 들면 수방사 탱크가 부르르 몸을 떨며 지나갔다. 어디 쥐구멍에라도 숨고 싶었다.

하루는 군대 간 작은형이 찾아왔다. 아마 돈이 필요해서 찾아오지 않았나 싶다. 우리는 종로에 나가 영화를 봤다. 시내에 나갈 때, 버스를 탔는데, 잘 쓰지 않은 부산 사투리를 썼다. 부산에서는 형을, 새이야라고 불렀다. 나는 태어나서 여섯 살까지 부산에서 살았고, 형은 전포국민학교 오학년 때, 전학을 한 사실이 있다. 형 별명은 부산 깡패였다. 시절은 살벌한 박정희 시대였는데, 우리는 몸으로 알았나보다. 경상도 사투리를 써야 살아남는 데 유리하다는 것을. 시간이 지나 결혼할 당시에도 본적은 부산으로 되어 있었다. 아내는 나를 부산 사람이라고 알고 결혼했을까. 그렇지는 않았다. 아내는 충청도 사람이다. 지금도 그렇지만, 전라도 사람을 도둑놈 취급할 때였다. 부모님도 그렇고, 나는 뼛속 깊이 전라도 유전자를 지니고 있다. 자랑스럽지는 않지만, 그렇다고 피할 생각은 없다.

나이도 그렇다. 내 초등학교 졸업장이나 상장에는 돼지띠로 기록되어 있는데, 어느 날 주민등록 일제 단속 기간에 쥐띠로 바뀌었다. 그러나 생일은 여전히 돼지 해에 태어난, 음력 5월을 쓰고 있다. 나는 돈이 없을 때, 나이를 속였다. 돈이 넉넉하면 제 나이를 밝혔다. 내 동창 중에는 두 살 많은 사람이 흔하다. 어떤 동창은 나보다 다섯이나 위다. 맞먹기 쉽지 않다. 동네에는 두 살 위인 동창이 사는데, 동갑계 멤버가 선배다. 말을 까자니 그렇고 올리자니 그렇다. 가끔 나이 많은 동창이 웃으면서 형님이라고 불러달란다. 그래, 면서기를 나무랄 수 없고 네가 형님이다. 술 취하면 넌지시 말을 까는데, 오죽하면 나이 가지고 유

218

세를 떤다고 타박한다. 늙어 가면서 두루뭉술하게 대처한다. 객지 벗 10년이라는 말도 있지 않은가. 보험회사에서는 주민등록을 보고 양력 1월에 생일 축하카드를 보내온다. 나는 그런 걸 제일 싫어한다. 앞으로는 주민등록은 무시하고 돼지띠로 살아갈 테다. 나를 다시 찾기가 이렇게 쉬운 줄 몰랐다.

야학 다닐 때는, 어떻게 하다보니 회장을 맡아봤다. 중학교 검정고시는 쉬웠다. 잘 못하는 수학과 음악은 커닝했다. 하도 사람이 많다 보니 반별, 반장이 따로 있을 정도였다. 아마 덩치가 커서 숱한 직업을 가지고 있는, 나이 많은 사람들 통제하라고 시킨 것이다. 성적하고는 무관했다. 나는 그것도 감투로 여겨, 교회 맨 마지막 자리에 앉았다. 거기서 9반까지 있는 동기생들이 모두 보였다. 아주 가끔 친구가 옆에 앉는 것을 제외하곤 늘 혼자였다. 야학 선생이 봤을 때는 얼마나 목불인견이었을까. 소름이 돋는다.

시인은 외로움을 재산으로 작품을 쓴다

나는 고시 출신이다. 종로에 있는 학원 옆에는 회수권을 야매로 팔아 떼돈을 번 사람이 많았다. 학원생들은 모두 대학생 행세를 했다. 이른바, 가짜 대학생 사건은 사건 축에도 못 끼는 애교에 속했다. 나는 일간신문을 배달한 적은 있으나 식당이나 다방에서 주간신문을 판 적은 없다. 차마 남을 속이는 것은 양심에 꺼려 하지 못했다.

군대에서는 별별 일이 많았다. 나는 글씨를 잘 써서 중대 서무계를 보았다. 인사발령장이나 월급, 담배, 사단에 올리는 상벌을 모두 맡아봤다. 그러나 돈이 없었다. 약력이나 글씨는 엉망이었지만 집안에 돈이 많아, 중대상에게 청바지를 선물한 교육계에게 업무를 빼앗기고 말았다. 나는 시간이 많고 자유가 상대적으로 보장되는 취사장을 검정고시를 이유로 선택했다. 식당 주방에서 빛나는 솜씨를 발휘한 계기가 군대 취사장에서 시작된 것이었다.

　　방위병들이 퇴근하면 현역들만 잠을 잤다. 군대에서 성폭력 사건은 변소에서 모포 안에서 쓰레기 소각장에서 유격훈련장에서 벌어졌다. 곱상한 BOQ 병과 대대장 당번병은 추행의 단골 대상이었다. 내무반, 화장실, 휴게소, 취사장, 위병소, 탄약고에서 강제 성관계는 이루어졌다. 교도소도 마찬가지다. 나는 3년을 양평에서, 그것도 모자라 남한산성에서 1년을 더 복역했다. 성추행은 추악하고 은밀하게 도처에서 벌어졌다. 자신의 욕망 해소를 위해 약자를 괴롭히는, 전형적인, 상명하복의 드러나지 않은, 그러나, 모두 인정하는, 죄악이었다. 그런 군대에서 불명예 제대를 해 갈 곳이 없었다. 사촌 형이, 서민들 사기를 치는, 서울유통에 들어가서 수금원으로 일을 할 무렵이었다. 서울 변두리 대나무에 흰 깃발이 나부끼는 점집에서 당했다. 점집은 육십대 초반의 사내가 운영을 했는데, 나보다 앞서 현역 군인이 황급히 괴춤을 단속하고 나오는 것을 눈치채지 못했다. 나는 반바지를 입고 있었다. 마지막 순간에는 마음과 다르게 몸이 사내를 끌어안았다. 첫값을 치른 셈이다. 쾌감은 짧았고, 기분이 찝찝하였다. 미수금이 있었지만 다시는 그곳에 안 갔다.

여기서 문단 얘기를 하자. 문단 데뷔는 결사적이었다. 문화센터 동료들과 좋은 출판사를 통해 시집을 엮어낸 적이 있었다. 그러나 그것이 데뷔는 아니다. 앤솔러지를 낼 때, 시내에서 술을 많이 마셨다. 몇 차를 했는지, 기억이 없다. 다만, 시내버스가 끊겨, 택시를 탔는데, 운전기사가 합승을 거절하는 게 아닌가. 아마 술 취한 사람을 태우면 골치 아프니까 거절한 것이겠지. 나는 청와대 근처 파출소로 끌려갔다. 거기서 고래고래 고함을 질렀다. 대한민국에서 시인을 이렇게 대접하다니! 내게는 다행히 동료들과 같이 펴낸 시집이 있었다. 보다 못한 희석이(원희석 형은, 시집이 두 권이 있는 시인으로, 한국일보 타임라이프에 과장으로 근무하고 있었다. 그 좋은 형이 일찍 저세상으로 갔다. 내 결혼식 날 축시를 낭송해서 빛나게 해주었다. 나는 형 무덤 앞에서 울었다) 형이, 지금은 없어진 『민족문학』이라고, 거기 지역 특집으로 내 시를 한 편 실은 게 전부였다. 그 전해에, 진무후무한 잡지 신춘 문예 결선에 여성 동인과 함께 오른 나를 격려해준 뜻깊은 마음이 있었다. 당선작은 당연하게 여성 동료에게 돌아갔다.

　나는 지난 10년 동안, 한 번도 편집위원이나 심사위원, 문학판에 내로라하는 자리 같은, 뭐가 되어본 적이 없다. 원고, 많이 냈다. 오죽하면 동료가 "거, 작품 질이 떨어지는 것 아녀?" 하고 참혹한 말을 한 적이 있다. 정말, 작품의 질이 떨어졌나, 하는 의문도 들었다. 청탁, 받아본 적이 거의 없다. 오랜만에 청탁이 오면, 돈이 없는 출판사거나 정기구독으로 대체한다는 말을 들었다. MBC <느낌표>에 책이 선정되었을 때, 선배가 말을 했다. 너는 앞으로 10년 동안 상 받을 생각하지 마라. 말에 씨가 있는지, 상 못 받은 지가, 15년이 넘었다. 그때는 기고만장했다. 내 작품이 실력에서 온 줄 알았다. 대부분, 거품이었고, 끊임없이 공부하고 노력해야지만 진정한 시인이 된다는 사실을 늦게 깨달았다. 화려한 과거를 거부해야 거듭 태어날 수 있다. 나를 따르는 사람들 중에, 일부는 여자도 있어(내 작품을 좋아하는 사람은 노동자들이 많은데, 전기, 파이프, 조적, 용접이 그들이다), 경찰서 서장 부인도 팬이었다. 그 부인을 포함해서 지역에서 동인 활동을 하는 사람들과 한 1년, 같이 공부를 한 적이 있다. 일주일에 한 번씩, 서장 집에서 만나는데, 한 시간 하는 걸, 두 시간 넘게 열변을 토했다. 서장 부인은 수업이 끝나면 간식을 정결하게 준비했는데, 떡과 빵과 과일과 술을 준비했다. 음주 운전은 살인 행위다. 그걸 알면서도 술을 마셨다. 우리 집에 오려면, 검문소를 통과해야 하는데, 그때마다 서장 부인은 전화를 했다. 오늘 밤 근무를 누가 서느냐, 내 차 번호를 알려주면서, 지나가면 무조건 통과시켜라, 전화를 끊고 술을 권했다. 많이는 안 마셨다. 법을 어긴 것도 문제지만, 특권인 양, 거기에 부화뇌동한 나도 더 문제가 있다. 그 행위는 남에게 큰 피해를 준다. 퇴직한 지 오래되었고, 세월이 많이 흘렀지만 그러면 절대 안 된다.

내 인생에서 잘나가던 시절이 있었다. 한번은, 어떤 지역을 관할하는 대장 사모가 팬이었다. 장교들은 대부분 결혼을 잘한다. 그 사모는 빼어난 미모를 자랑했는데, 나는 일단, 마음에 들면, 공중에 들어올려 돌리는 습성이 있있다. 그때는 그런 괴력(?)을 발휘했다. 그 행동을 안 좋아하는 사람은 얼마나 공포였을까. 밤새 술 마시고, 아침까지 모래사장에서 사모와 해장을 하고 있는데, 1호 차를 타고 순찰을 돌던 대장한테 딱 걸렸다. 권총을 몇 번이나 뺐다 다시 넣기를 반복했단다. 총으로 쏴, 죽이고 싶었단다. 운전병 눈과 군법이 나를 살렸다. 몇십 년 전, 얘기다. 그러나 과거의 얼룩은 쉽게 지워지지 않는다. 술자리의 구토 자국은 언제 되살아나 발목을 잡을지 모른다.

무수하게 원고 퇴짜를 맞았다. 그러고도 가증스럽게 아직 살아 있다. 최 시인은 성추행과 성희롱을 일삼는 원로와 편집위원, 심사위원 눈에 나면, 시인으로 끝이라고 표현했지만, 좋은 작품을 못 알아보는 편집자는 없다. 내가 아는 어떤 시인은 명함 파는 인쇄소에서 시집을 자비로 출판한 뒤, 남은 책을 마대 자루에 넣어 방치했는데, 우연히 내 친구에게 발견되어 세상에 알려졌다. 친구가 나눠줘서 나도 읽었다. 장난이 아니었다. 기성 시인 작품보다

월등하게 좋았다. 그가 대학원 문창과를 뒤늦게 다닌, 우리나라 유수의 문학상을 탄 이면우 시인이다.

　시인은 혼자다. 외로움을 재산으로 알고 작품을 쓴다. 패배할 줄 뻔히 알면서도 일상과 싸운다. 불의, 논리, 권위, 세속, 타성과 싸운다. 항상 자신과 싸운다. 타협하지 않는다. 비판할 것은 비판해야 마땅하다. 남들이 알아주든, 안 알아주든, 글을 쓴다. 이곳이 바닥이라고 생각할 때, 견디는 게 시인이다.

귀신 이야기

― 박경희 시인

약간 과장을 하자면 한 주가 멀다 하고 천부당만부당
한 곳을 들렀다. 안학수가 서순희랑 알콩달콩 살 때다. 안
학수는 금은방을 하면서도 멀리 바다를 바라보곤 했다.
문학 병이 단단히 들었다. 모든 게 이문구 선생 탓이었다.
봐라, 이문구 선생이 앞장서고 안학수가 뒤따르면 맨 꼬래
미에 서순희가 따라가는 모습을. 전국 장애인협회 보령지
부가 따로 없었거니, 이건 이문구 선생 말씀이었다. 우리
는 모두 웃었다. 평일인데도 우리가 가면 금은방 문을 닫
은 안학수를 겉으로 뭐라 하다가 속으로 쾌재를 불렀다.
누구 돈이 됐든, 현금을 많이 가지고 있는 금은방 주인이

계산했다.

무창포에 들렀을 때 이야기다. 주인 부부가 회를 뜨고 밑반찬을 갖다 주는 모습이 하도 아름다워 덕담을 했다. 앞으로 잘될 거라고, 좋은 일이 많을 거라고. 술이 올라 그렇게 얘기했다. 앞날에 대한 예지력은 없었다. 그런데 말이다. 몇 달이 지나서 그 주인 부부가 나를 애타게 찾는다는 것이었다. 왜, 그날 현금으로 계산했잖아, 돈 남은 거 있어? 나는 돈 계산부터 따지고 말았는데, 포장마차 주인 내외가 무창포에서 건립한 건물로 이사를 한다는 것이었다. 수협에서 하는 건물에 당첨이 되어서 번듯하게 간판을 걸고 장사를 하게 되었단다. 그날 서비스 안주 대신 복채를 못 드렸다면서 현금으로 복채를 준비했으니 도사께서는 언제든지 들르라는 전언이었다. 졸지에 계룡산에서 내려온 도사가 된 나는 현금 대신 술을 얻어먹었다.

그때 박경희를 만났다. 아직 문단에 데뷔하기 전이었다. 웬 말만큼 큰 여자가 술도 못 먹고 담배도 못 피우고 좌석 끄트머리에 앉아 있었다. 아침이 오면 거짓말처럼 사라졌다. 대천유선방송에 근무하는 처녀였다.

세월이 흘렀다. 처녀는 영화를 많이 틀어주는 유선방송을 그만두고 대학을 가더니 대학을 졸업하고 절에 들어갔다. 그사이 문단에도 데뷔했다. 공교롭게도 나와 친구들이 기획위원으로 일하는 출판사에 첫 시집 원고가 들어왔다. 나는 반대했다. 친구가 몇 편 고쳐서 내자는 말을 했다. 절도 싫고 절에 가까운 작품이 싫었다. 그렇다고 내가 개신교나 구교, 또는 이슬람교, 원불교 신자는 아니었다. 그때는 그랬다. 첫 시집 원고가 반려됐다. 그 후 나는 원고 때문에, 술 담배 때문에, 사는 것 때문에 그 일을 까맣게 잊고 살았는데, 어느 날 처녀 아버지가 덜컥 돌아가셨다. 나는 가슴을 쳤다. 멀리서 보았을 때 처녀 아버지는 큰 사람이었다. 나보다 머리 하나만큼 더 큰 사람이었다. 아버지 무덤 앞에서 첫 시집을 놓고 울고 있는 처녀 모습을 상상했다. 처녀가 그러지 못한 것은 모두 나 때문이었다. 내가 고집을 피우지 않았으면 아버지 살아생전 첫 시집을 내고 자랑스러운 자식으로 마지막 가시는 길을 지켜드릴 수 있었으리라. 왜 이런 일이 일어났는지, 후회와 반성을 해도 이미 늦었다. 그 뒤로 박경희는 유명한 출판사에서 시집을 출간하고 산문집과 동시집을 펴내고 상을 탔지만, 내 후회와 반성은 아직도 끝나지 않았다. 내가 어찌처녀 아버지의 죽음을 잊을 수가 있단 말인가.

흔복이 이야기 좀 하자. 이문구 선생 살아계실 때 청라 작업실에 들를 적이면 꼭 이흔복 차를 타고 내려오셨다. 운전을 선비처럼 잘해, 좀처럼 반말을 안 하는 선생 말씀이었다. 장관을 지낸 이태복, 시인 이흔복, 자기 아들 이산복, 모두 항렬이 같은 사람들이었다. 영화를 찍는 산복이가 사람 구실을 못해 걱정이라고 습관처럼 말씀하셨다. (산복이는 영화 감독으로 잘 살고 있다.) 이문구 선생이 유언한 것처럼 문학비도 세우지 말고, 자기 이름을 딴 문학상도 만들지 말고, 관촌마을 부엉이재에 유골을 뿌릴 때도 제사를 모실 때도 한결같이 흔복이가 운전을 했다. 청라 작업실을 팔 때도, 사모님을 모시고 보령시청에서 이문구 문학관을 건립하자고 할 때도 흔복이가 운전한 차를 이용했다.

흔복이는 말이 없었다. 그런 그가 먼 섬에 사는 친구 문학기행에 참여했다. 다른 작가들은 해수욕장으로 등대로 백도로 쏘다닐 때 그는 술만 찾았다. 술에 취하면 자고 술이 깨면 술을 마셨다. 그런 그가 바다를 봤다고 우기는 거였다. 술만 먹어대면서 바다를 봤다니! 눈을 휘둥그레 뜨고 묻는 우리에게 흔복이는 말을 했다.

"아, 엊그제 텔레비전을 보는데, 거문도 특집을 하는 거야. 거기서 깊고 푸른 바다를 보았지."

우리는 그의 말에 다음 책 제목을 가져왔다.

그런 흔복이가 지난 추석에 쓰러져 깨어나지 못하고 있다. 여주에 있는 논밭 다 떠내려가고 서울 연희동에 있던 집도 저당 잡혔나보다. 술만 취하면 전화해서 자기가 부자라면서, 시간 나면 개 한 마리 끄슬르자던 흔복이, 말없이 술잔만 잡던 흔복이가 사경을 헤매고 있다. 이제 기다려도 전화가 안 온다.

짧게 김성동 얘기를 덧붙이자. 김성동이 강원도 토굴에 살 때다. 어느 해 여름 큰 물난리가 나 토굴이 떠내려갔다. 그가 토굴에 산 이유는 원고 때문이었다. 원고는 물에 떠내려가 흔적이 없는데 간신히 담배를 건졌다.

"어떤 일이 있어도 담배는 피워야 할 거 아녀."

박경희 얘기하다가 옆길로 샜다. 박경희는 이야기 귀
신이다. 어머니에게 받아 적고 있다. 어머니가 시인이다. 먹
을 게 많은 요즘 세상에 욕먹고 산다. 또한 박경희는 이문
구, 김성동 선생의 후배이기도 하다. 박경희 어깨가 무거울
수밖에 없다. 안학수, 서순희, 김종광도 이문구, 김성동을
뛰어넘어야 한다. 우리 모두 이문구, 김성동을 극복하지
않으면 작가 자격이 없다. 어떻게 할 것인가.

여수

하마, 봄꽃 많이 피워 올렸겠다.

내 외갓집은 여수 앞바다다. 정확하게 얘기하면 여천 군 삼일면 중흥리였다. 그전에 여수 시내에서 멀지 않은 아주 작은 포구에서 어머니가 어린 시절을 보낸 적이 있다 고 말씀하셨지만, 거기에 가보지는 못했다. 어머니는 1남5 녀 중 셋째 딸이었다. 형제 중에 가장 몸무게가 적고 키도 작았다. 외가 쪽 선대 어른들은 쭉 면장을 지낸 김해 김 씨 무슨 공파라고 바람결에 들은 적이 있지만 믿지 않는다. 과거는 부풀려지기 마련이며, 설사 면서기를 했다손 치더 라도 일제치하에서 부역했다는 말을 공식적으로 발표한 것에 다름 아니라, 그보다는, 떵떵거리고 살지는 못해도 보리방귀는 뀌고 살았어야 할 터인데, 굶지는 않고 겨우 끼니를 이을 정도였나보다. 하여튼 외할아버지는 어떻게 돌아가셨는지 모르고, 외할머니는 키가 174센티미터 정도 되는 기골이 장대한 분이셨다. 할매는 한창 여수 산단 터 다지기를 할 때, 석창 삼거리에서 대폿집을 하셨는데, 저 성깔깨나 있다는 전국 노가다꾼들을 석쇠에 올린 생선 뒤집듯 잡도리했다고 한다. 내가 초등학교 5학년 때인가 6학년 때 산골 우리 집에 처음 오셨는데 단감 색깔 고른 치아를 드러내며 나를 번쩍 들어 올렸던 기억이 생생하다. 할매는 아버지를 설득하러 올라오신 모양이었다. 작은 마당만한 하늘을 지고, 사방이 거악들로 막혀 있는 산골에서, 멍석 두어 채 펼 만한 화전 일구고 살면 뭐하나, 유서 방 자네는 그렇다 치고, 죄 없는 에미와 새끼를 생각해야지, 하긴, 우리는 뭐 찢어지게 가난했다. 굶기를 밥 먹듯이 했다고 하면 너무 평범한 표현이고, 두더지나 지렁이, 담부나 오소리처럼 산이나 들을 헤매며 수렵 및 채취를 해야 겨우 부황이나 면할까 한 살림이었다. 우리만 그렇게 살아온 것은 아니지만, 노랗게 뜬 해를 보고도 달걀 노른자인 양 뜯어먹기도 했고, 퍼런 달이 뜨면, 찹쌀떡 하나 야무지게 베어 먹는 꿈으로 길고 긴 삼동 겨울을 견디던 때였다. 그러나 우리 아버지가 누군가, 쓸데없는 고집 하나라면 역발산기개세도 한수 접고 물러서던 때였으니, 겉보리 서 말만 있으면 처가살이 죽어도 안 한다는 신념으로 주막집 외상 술값을 불려나간 장본인이다. 취한 가장의 끊어질 듯 이어질 듯 일본가요 들리는 주막집 봉창을 흘겨보며, 작은 형은 장산으로 수룡골로 올라가 나무하고 산돼깽이 잡고 범골이나 짚은 골까지 내려가 비얌이나 깨구락지를 잡아왔다. 겁이 많은 나는 누나를 따라 강가로 내려갔는데, 강은 소리 없는 눈물이고, 눈물 섞인 애달픔이고, 애달픈 반죽 섞인 노래와 아롱지는 푸념소리로 흘러가고 있었다. 그것은 습기 많은 남도창으로 흘러갔다. 관절 너덜거리는 동편제로 흘러갔다. 누나는 고동을 줍고 나는 나만큼이나 부황이 든 꾀쟁이들하고 돌팍을 들추고 흐르는 물을 막아 물길을 다른 곳으로 돌리고, 그 밑에 고여 있던 물을 고무신으로 퍼내, 피라미나 중태기 땡사리나 가재를 잡아 주전자 속에 담아 오기도 했다. 그날 밤은 꼭 그만큼 손 뻘건 자식들 손가락 닮은 고추장을 퍼내어 물고기와 다른 잡것들을 대개 1대 9 정도 비율로 버무리고, 또 거기에 한 열 말들이 속 깊은 물을 붓고 천천히 고아내면, 이끼 낀 산속 온갖 벌레들의 배설물과 새의 깃털과 나무의 숨결 같은 아주 맑은 기름도 진달래 화전으로 떠올라, 땀 번들거리는 이마, 찧는 줄도 모르고 마구 처먹어대던 그런 날도 있었다. 어쨌든 그런 날밤은 육시럽게 달이 밝아 개호주 우는 소리도 처량한데, 쇠죽 쑨 아랫목에서 호곤하게 잠이 들면, 꼭 아까 우리가 먹었던 비릿한 물고기의 뼈 고은 탕이, 살입은 어육이, 저 여수 앞바다에서 꼬물거리고 헤엄쳐 와 하동과 구례를 거슬러 올라와 남원 요천을 힘차게 요동쳐 우리 집 앞 개울까지 오지 않았나 엉뚱한 생각을 해보기도 했다. 그것은 외가에 가고 싶은 마음이었다. 바닷가의 비린내를 맡고 싶어 하는 알들의 그리움인지도 모른다. 그래, 언젠가는 내 꼭 한 번 가보고 말리라. 가서 어머니의 어머니, 할머니의 할머니 품에 꼭 한 번 안겨보리라 다짐도 했었는데, 그것은 설핏 품은 잠 속의 꿈갈은 것이었다. 꿈이 깨면 윗목은 얼어붙고 문풍지 사이로 싸락눈이 마구 비껴들고 있었다. 눈은 아까 우리가 잡아 먹은 물고기의 영혼을 위로하러 온 천사의 손인지도 모른다. 그러다 또 살풋, 저 용소에 천년 좌선하고 있는 이무기의 흡판처럼 거대한 잠의 혓바닥이 나를 끌어당기면, 또 밑도 끝도 없는 눈 속을 한없이 걷기도 했다. 그 몽유 중에도 삭다리 타는 냄새는 좁아든 뱃구레로 돌아드는데 아침이 왔던 것이다. 순백의 아침이 왔던 것이다.

나는 갑자기 떠났다. 입 하나 덜자는 어머니의 의견이 통했다. 어머니는 그때 당시 대수술 끝에 겨우 살아난 목숨이었다. 작은 보따리 하나 달랑 든 단촐한 짐이었다. 저 보따리 안에는, 저 보따리의 네 배 정도 큰 보따리가 두서너 개는 잠들고 있어, 한 보름 지나 다시 어머니가 고향 집으로 올라오실 때에는 김이며 오징어, 서대며 갈치, 멸치와 파래 같은 것들로 만선을 이루고도 남을 것이다. 한동안 광폭한 가장의 입 구레도 귀에 걸려 넘어갈 것이다. 막걸리보다는 소주고리가 먼저 닳아 없어지리라. 전라도 길은 뱀장어처럼 미끄러웠다. 길은 칡넝쿨이나 다래넝쿨처럼 엉클어졌다가 퍼져나갔다. 남원에서 기차를 탔다. 전라선 기차는 크고 장대한 산과 넓고 푸근한 들을 한 마리 먹구렁이 되어 칭칭 감았다가 쓰다듬었다가 풀어주기도 했는데, 나는 나무 전봇대가 뒤로 밀리는 현상에 대해 무척이나 신기하게 생각하고 있었다. 저렇게 뒤로 밀리다 보면 모든 전봇대들이 한곳에 쌓여 제재소나 숯 공장으로 팔려가지 않을까. 만약 두고 온 우리 집으로 밀려간다면 작은형 양 어깨에 박힌 지게 끈 자국도 엷어지리라. 강은 큰 갈치만 해졌다가 상어만 해졌다가 고래만큼 부풀어 올랐다가 그만 획 풀어졌는데, 그건 평평했다. 하늘장판을 통째로 끌어내려 깔아놓은 것만 했다. 중홍리는, 삼일면은, 전체가 공사판이었다. 어머니는 이모들과 한 보름 갯것일 하다가 올라갔다. 나는 이모부 밑에서 일을 했다. 이모부는 목수였다. 전국에서 몰려온 공장 기술자들과 노동자들을 위해 급하게 집을 지었다. 논이고 밭이고 할 것 없이 무조건 기초 다지고 블로크 담 쌓고 문짝 만들어 달고 서까래와 보를 넣고 슬레이트로 마무리했다. 어찌나 빨리 짓던지 무슨 빵 찍어내듯, 국수사리 만들어내듯 집을 지

238

었다. 그 전에 중국집에서 몇 달, 설거지와 배달 하다가 뛰쳐나온 나는 어렸다. 데모도 치고 참 서럽고 작은 데모도였다. 목수들이 쓰다 버린 각목을 모으고 못을 빼고 시멘트를 날랐다. 리어카에다 시멘트를 세 포도 싣고 네 포도 실어 날랐다. 시멘트 한 포는 내 몸무게보다 더 나갔다. 무거웠다. 사는 건 이렇게 무거운 것이구나. 제일 큰 이모는 이모부와 사별하고 외삼촌과 같이 사셨는데, 일을 하고 있는 나를 꼭 쇠죽솥에 물방울 맺히듯 그렁그렁 바라보셨다. 외삼촌은 120킬로그램이 넘는 거구, 제일 마지막으로 아들을 낳기 위해 얼마나 많은 정력을 쏟았는지, 얼마나 귀하게 컸는지, 몸은 종고산만 하되, 정신은 동백나무 아주 작은 가지만큼이나 여렸다. 그래도 왕년에 부산에 살 때는 권총 차고 밀수로 한몫 챙겼다고 하니 과거는 풍문이었다. 작은 큰 이모는 면사무소 앞에서 제일반점이라는 중국집을 경영했는데 제일 무서웠다. 처음 팔려간 중국집에서 너무 많은 설움을 겪어 꼴도 보기 싫었다. 어쩌다 비온 날, 외사촌 동갑 말봉이를 보러 가서도 문틈에서 잠깐 일별하는 게 끝이었다. 들어와서 뭐 하나 말아 먹어라 그런 말 한마디가 없었다. 그날따라 이모부는 창고에 불시에 들러 바닥에 떨어진 못 주워 펴지 않았다고 호되게 나무라는 것이었다. 나는 대팻밥처럼 서러웠다. 나만큼이나 가난해서 중학교 진학도 못하고 창고 옆에 붙어 살고 있는, 두부 한 모 외상 사러 갈 때도 고개 푹 숙이고 걷는, 평소 내 각시로 점찍어 두었던 째보 딸을 생각하기도 했다. 어머니와 떨어지면서도 울지 않으려고 했는데, 눈물은 아마 창고 뒷마당에 떨어지는 낙숫물 소리였겠지. 겨울바람이 죽어 호곡하는 소리였겠지.

그래도 그곳은 사람 사는 곳이었다. 바람 부는 곳이었다. 바람과 바다는 한 가족 아니던가. 그 추웠던 겨울, 모지락스러웠던 겨울도 바람과 썰물과 안개와 아지랑이와 홍국사 관광객들 치맛자락 소리에 물러나고 나면 곧 꽃이 피었다. 부스럼처럼 피었다. 노란 달걀 후라이로 피었다. 퍼런 인절미 달로 피었다. 황달로 황사로 피어났다. 십장 목수 정수형, 새끼 목수 동춘이, 춘수 형과 모처럼 꽃구경 하러 시내 나가면, 형들은 오동도 그까이꺼 뭐 볼 거 있냐고 쫑포 해변이나 수산시장 근처 포장마차로 먼저 달려갔다. 여수는 외할매 품만큼이나 갯것이 넘쳐났다. 외할매 손보다 더 큰 인심이 있었다. 인정이 있었다. 형들은 소주, 나는 사이다를 마셨다. 나도 크면 반드시 소주를 마셔보리라. 소주는 역시 바다와, 바다 사내와, 바다 새끼들과 찰떡궁합이었다. 그러나, 어쩌다, 이모부 욕하는 소리와 유행가 여러 자락 봄 하늘로 승천하고 나면, 꿈결처럼 바다는 저만치 물러가고, 해도 저 서켠으로 기울어, 마른 설움인 듯 버스를 타러 가야 할 시간인데, 그 시간은 한 차례 더 잔파도가 밀어닥칠 시간이었다.

여수역 바로 옆 골목은 사창가들이 즐비했다. 나는 째보 딸처럼 고개 푹 숙이고 역전 거리를 기웃거렸다. 형들은 대개 기다리는 동안 뭐 하나 주전부리 하라고 찔러주기 마련이었다. 형들을 기다리며 나는 풀빵이나 막대사탕을 들고 바다를 바라봤다. 망연히 바라봤다. 그것은 들척지근한 냄새였다. 들척지근한 슬픔이었다. 들척지근한 통증이었다. 파도는 어머니 발자국 소리로 와서 또 그만큼의 한숨만 쏟아놓고 물러갔다. 알고보니 그 파도는, 억만 겹 세상 주름살이었다. 그 사이에 외할매, 어머니, 삼촌(삼촌이 가장 안타깝게 돌아가셨는데 시내에서 한잔 자시고 돌아오시다가 산단 터파기 한 구덩이에 빠졌다고 한다. 마침 큰 비가 내려 웅덩이에는 물이 가득 차 있었는데 미끄러운 흙을 아무리 잡고 올라오려고 해도 올라올 수가 없어 결국 돌아가셨다고 한다. 체중을 좀 줄이셨다면 얼마나 좋았을까), 큰 이모, 작은 이모 모두 가시고 지금은 중국집하는 가장 억센 작은 큰 이모만 천수를 누리고 살아 계신다고 한다. 어머니 돌아가신 지 어언 20년이 넘었다. 지금도 강물은 여전히 남쪽으로 흐르고, 알들은 부화해 거슬러 올라오고, 기차는 조금 구부러진 철사 반듯하게 펴 놓은 듯 달리고 있으나, 나는 내려가지 못하고 있다. 그러나 언젠가는 한 마리 물고기 되어 그곳에 당도해 있으리라 믿는다. 하마, 봄꽃 지고 있겠거니. 여수 앞바다 파도, 그득하게 춤추고 있겠거니.

귀향과 기억, '메주콩'의 미학

임규찬 (문학평론가·성공회대 교수)

1

이번 유용주의 산문집에서 가장 인상적인 대목은 시인의 딸이 생일날 아침에 말했다는 "아빠 시에는 왜 꽃이 없어?"였다. 그런데 이 말에 응답하는 시인의 말이 더 묘하다. 마치 정색을 하듯 "내 시에 꽃이라는 낱말이 한 번도 등장하지 않는 것은 웃어넘길 수 없는 일이다. 왜 그랬을까? 내가 꽃을 들여다볼 시간이 없었기 때문이다. 꽃을 돌보고 애지중지할 여유가 없었기 때문이다"라고 말한다.

시인 자신도 작품 중에 꽃이 없는 걸 이제야 알았단다. 아이에게 지적을 받기 전에는 몰랐단다. 그는 그러면서도 그게 아주 당연하다는 듯 "할 수 없다. 앞으로도 꽃은 없을 것이다. 꽃 같은 삶은 없을 것이다"라고 단언하기까지 한다.

이처럼 유용주에게 모든 것은 삶 자체이다. 그래서 꽃이 스승은 아니고 역경이 스승이라고 말한다. 그래서일까. '꽃'이 유용주에게는 '못'으로 대체된다. 유용주는 처음부터, 그리고 지금도 '나무와 못, 목수'의 시인이다. 그가 수많은 직업을 전전하고 수많은 글을 쓰고, 세월 속에 이런저런 부침을 겪으며 이제 온전한 글쟁이로서 살아간다 할지라도 말이다.

자연(나무)과 노동(못), 사람(목수)이라는 삼각함수가 그의 시학이다. 가장 중요한 몫은 '못'이다. 동전의 양면처럼 서로를 맞물리게 하는 연결체이기도 하고, 세상과 삶의 하중을 떠받치고 환기하는 지렛대가 되기도 한다.

> 못은 그대 향한
> 집중파탄이다
> 단절과 단절 화해시키는 불가슴이다

격정의 피, 단독 투신이다

못은 연결을 위한 직통 노선이다

- 시「못」부분

90*mm* 못 하나가

무게 1톤을 감당한다고 하는데

75*kg* 내 한 몸이 지탱하는

생의 하중은 얼마나 될까

- 시「아내에게」부분

그래서 나무라 하더라도 먼저 떠오르는 게 송진과 같
은 상처의 서사적 존재이고, 못을 떠올리자치면 '목수'의
줄임말(모+ㅅ)처럼 다가와 세상과 인간을 연결시키는 서정
적 존재로 환유된다. 아마도 시인으로 출발하여 산문가,
소설가로 글 세계를 확장시킨 것도 그 안에 운명처럼 동
숙하고 있는 목수의 서정과 상처의 서사가 펼쳐내는 '짓
기'의 근본적 욕망 때문일 것이다. 닥치는 대로 살아내야
했던 힘든 노동과 떠돌이 생활, 그 속에 담긴 험한 고초 등
한마디로 '밑바닥 삶'이 생성하는 근기와 근성의 생명력이

키워놓은 뿌리의 힘을 떠올리지 않을 수 없다.

그러니 유용주에게는 못이 꽃이다. 이미 시 「붉고 푸른 못」에서 '땅에 박힌 가장 튼튼한 못'으로서 '나무'와 '하늘에 박힌 가장 아름다운 못'으로서 '별'을 표상하기도 했다. 그리고 거기서 못은 '그대 속의 남자'로 자기화되기까지 한다.

> 나는
> 그대에게 박힌 가장 위험스런 못,
> 튼튼하게 뿌리내리지도
> 아름답게 반짝이지도 못해
> 붉고 푸르게 녹슬고 있다
> 소독할 생각도
> 파상풍 예방접종도 받지 않은 그대, 의
> 붉고 푸른 못

사실상 삶이 키운 '꽃'이기에, 그러나 상처와 흉터가 만든 '못'이기에 일반적인 '꽃'의 이미지조차 그는 외면했던 것이다.

2

산문집『여기까지 오느라 고생 많았다』에서 이전 것들과 다른 특별한 향내는 일단 고향 이야기에서 오붓하게 불어온다. 40년 만에 고향으로 귀향해서일까. 마치 '꾀복쟁이' 소년으로 환생한 듯하다. 아버지 술빚에 팔려 자장면 배달부가 된 후 무려 스무 가지 넘는 직종 직업을 거쳐야 했던, 긴 세월 가난 때문에 탈향하여 떠돌 수밖에 없었던 그였기에 지긋지긋한 산문의 진창이 천형처럼 붙들고 있다.

그런 그가 이제 고향에서 키운 자연주의로 한껏 야野해졌다. 그가 자랑하는 고향 장수의 신화적 풍경을 잠깐 듣고나보자.

여러분들은 여름날 갑작스런 소나기 때 하늘에서 우박처럼 쏟아지는 물고기를 보았는가. 장산 날맹이에서 시퍼렇게 불을 켜고 단자 다녀 오는 우리들 오줌을 저리게 했던 호랭이를 보았는가. 수룽골 뒷산에서 날아가는 거대한 산갈치를 보았는가. 귀가 동그랗게 달린 청사, 홍사, 백사를

보았는가. 아이들 간만 쏙 빼먹고 엎어놓는다는 단부(단비)
떼를 보았는가. 사태모랭이 뫼뿔 앞에서 우뚝 서 있는 흑곰
을 보았는가. 계단식 논 가운데서 잠자다 놀라 달아나던 노
루를 보았는가. 감자, 고구마, 옥수수 밭을 다 망쳐놓은 멧
돼지를 본 적 있는가. 유리가루처럼 뿌려놓은 밤하늘에 뭉
게구름 조각처럼 파랗게 떠나가는 이웃 할머니 혼불을 보
았는가.

—「단 하루도 고향을 잊은 적 없다」 부분

한마디로 도시의 인조적 문명의 풍경과 대비시켜보
라. 그래서 "나는 보았다. 내 친구들은 보았다. 친구들은
꽃뱀이나 살모사쯤은 목걸이처럼 주렁주렁 달고 다녔다.
개울에서 가재나 중태기, 땡살이, 쏘가리, 뱀장어 정도는
맨손으로 잡았다"라고 '수렵과 채취'의 원시성을 한껏 강
조하는 것이다. 하여 "40년 만에 왔지만 고향을 지키는 친
구들은 어제 만난 것처럼 반겨주었다"며 "이제 죽어도 나
가지 않으리라, 혼백으로라도 장수에 남아 있으리라"(「단
하루도 고향을 잊은 적 없다」)다짐한다.

자연히 산문적인 삶의 늪에서 벗어나 서정적 해학의

세계가 아랫목처럼 군불을 지핀다. 그리고 자꾸 유년의 아랫도리를 파고든다. 넉넉한 여유와 아름다운 회상이 풀숲처럼 우거진다. 마치 김유정의 「봄봄」이 환생하듯 소박하면서도 따뜻한 해학과 서정이 육담적인 속어로 비벼지며 한껏 개화했다. 벤야민이 말하듯 두 이야기꾼들, 즉 오랫동안 낯선 곳 여기저기를 떠돌아다녀야했던 시인 자신과 고향에 눌러 앉아 오랫동안 살아왔던 친구들이 한자리에 모여 펼치는 야담野談의 야담夜談이다. 무엇보다 이것들을 상스럽지 않게 다분히 동화풍의 익살로 끌어올리는 데 유용주만의 특징이 있다.

그렇다고 마냥 새로운 고향살이를 예찬한 것만은 아니다. 그의 바닥을 치는 현실주의는 오늘의 농촌이 드리운 아픈 자화상을 여과없이 보여준다.

　　땅값이 많이 올랐다. 모든 게 자본의 논리로 돌아갔다. 화약 저장고와 자원순환센터라는 그럴싸한 이름을 달고 똥 공장이 들어섰다. 모든 게 돈의 논리다. 해마다 얼마씩 마을회관에다 현금을 들이미는데 환갑을 바라보는 중늙은이 보기 어려운 동네에서 말을 하면 입만 아프다. 청정

지역이라고 광고나 하지 말지. 금강이 발원하는 산대, 수대,
야대, 자랑이라도 하지 말지. 밤낮없이 뿌려대는 농약은 말
해서 무엇 하나.

- 「평범한 봄」 부분

농촌 역시 자본의 논리에 사로잡혀 똑같은 시대의 질
곡 속에서 놓여 있음을 주목한다. 그래서 고향이 모두 좋
은 건 아니라고 솔직히 토로한다. 사실 시인의 귀향은 삶
의 전환을 위한 한 분기점이자 또다른 현실세계의 시작임
을 보이는 한 징후이다.

다만 시인은 새로운 고향의 농촌살이에서 새로운 활
기를 더 길어올리기를 희망한다. 요리를 뜻하는 영어 쿡
cook은 두 가지 재료를 섞어 새것을 만든다는 뜻이다. 재료
의 형태나 빛깔이나 맛을 새 형태의 식품 속에 완전히 소
멸시켜 새로운 형태, 빛깔, 맛을 만든다는 방식이다. 환원
이 불가능한 화학 변화식 요리가 서양 요리라면, 한국의
요리는 시인 자신의 주방장 경험처럼 원형을 살리는 물리
변화식 요리다. 원형뿐만 아니라 색깔이나 맛도 자연대로

살리는 시인의 새 삶을 기대한다.

3

사실 유용주의 산문이나 소설은 호흡이 긴 편이다. 생김새나 포즈는 확실히 식물보다 동물에 가깝다. 그것도 거친 맹수류에 가깝다. 아니다. 정확히는 거대한 몸집의 초식동물이다. 그러나 그의 글에 뭔가 포효하는 목소리가 있다. 그러나 그건 맹수의 포효보다는 오래 삭힌 울음에 가깝다. 그렇게 되새김의 단말마가 어느 글목에든 옹송그리고 있다. 한숨처럼 툭 터져 메아리치는 짧은 외침과 가래처럼 응어리진 소리들이 아프다.

특히 사람 동네 근처에 왔을 때 더욱 그렇다. 가령 이번 산문집은 세월호 비극 앞에 똬리를 틀었다. 그의 목소리는 강강하면서 올올하다. '세월호 추모제'의 플래카드로도 유명한 그의 시 「국가를 구속하라」에서 "국가가 국민들을 산 채로 수장"시켰다는 단언처럼 그는 거짓된 현실과 그 본질을 거침없이, 아니 그 어떤 이야기보다 더 투박하게 쏟아낸다. 아마도 그의 몸이 만들어내는 글밭의 한

흠내가 그런 대상들에서 풍겨나온 것이리라. 오랜 사유와 정신의 깊이를 찾아나서는 여정이 아니라 즉문즉답하듯 허식이 없는 강골풍의 직설법으로 맞받아치는 일상의 여론이 유용주식 현실주의다.

나는 글 쓰는 사람이다. 절대로 화합 못한다. 포용을 하거나 소통할 생각이 없다. 어떻게 전직 대통령과 화해하나. 국무총리나 집권당 대표(지금은 없어진), 친박 국회의원, 비서실장, 경호실장, 일당벌이 관변단체, 재벌회장하고 상생할 생각 전혀 없다. 보안손님이나 주사 아줌마, 기 치료사, 운동 선생은 죽을 때까지 용서하지 않을 것이다. 나도 할아버지소리 듣지만 아스팔트 할배나 할매를 이해하기 싫다. 연정이나 대통합을 들먹이는 사람은 정치인이거나 다음 대통령을 염두에 둔 분들이다. 진실하지 않는데 무슨 용서냐. 인간은 여러 다양한 생각을 표출한다. 잘 변화하지 않는다. 변화하길 싫어한다. 전직 대통령과 부역자들은 그 길로 가고, 나는 내 길을 가면 그만이다. 생각이 다른 게 아니라 나쁜 것이다. 나쁜 습관은 반성하며 고쳐야 산다.

-「고통 앞에서 중립은 없다」 부분

물론 거기서 멈추면 유용주가 아니다. 마치 거칠게 몰아친 회오리 뒤에 조용히 찾아드는 고요처럼 부드러움이 또다른 매력이다. 부드러움이 시를 낳는다, 고 그는 강조한다. 이런 강약의 조용한 리듬이 유용주의 글 한 켠에는 있다. 마치 "쥐눈이 콩처럼 반짝이는/ 무구한 눈을 한참 들여다보았다// 완벽한 책식만이/ 저 눈빛을 만들 수 있으리라"(시 「형제간」)에서 보듯 고라니의 '똥' 속에서 '눈'을 찾아내듯이.

4

그의 글은 이제 시와 산문이 함께 동거하는 온전한 글마당을 펼치고 있다. 시인이다 소설가다 하는 구별을 넘어서서 일상의 삶이 곧 어느 만큼은 문학적인 세계가 되고, 혹은 문학적인 항심恒心의 시선으로 바깥세계를 관찰하는 듯하다.

그래서 동일한 소재가 시로도 만들어지고 산문으로도 만들어지는 경우도 많아졌다. 가령 앞서 인용한 바 있는 고향의 신화적 풍경의 짧은 서술을 토대로 만들어진

시 「뻥이라고 했다」를 보자.

단자를 가다 시퍼렇게 불 밝힌 호랭이 새끼를 본 적이
있다
귀 달린 비얌을 본 적이 있다
온몸이 검은, 파란, 붉은, 흰 비얌을 본 적이 있다
풀을 베다 나무 위에서 살모사가 우수수 떨어지는 것
을 본 적이 있다
담부 떼가 나무를 오르내리는 모습을 본 적이 있다
비 온 날 배가들 뫼뿔에 앉아 있던 곰을 본 적이 있다
나무를 하며 산갈치가 날아가는 것을 본 적이 있다
맑은 날 길을 걷다가 하늘에서 떨어지는 물고기를 잡
은 적이 있다
구멍 속에 맑은 물이 고인 더덕을 캔 적이 있다
혼불이 나가는 것을 본 적이 있다
돌로 쌓은 항아리 안에서 아이 울음소리를 들은 적 있
다
한밤 머리 없는 여자가 뒤돌아서는 것을 본 적이 있다
아부지 돌아가신 날에는 하얀 두루마기를 입고 꿈에
나타났다

강이 흐느끼는 소리를 들었다

산이 우는 소리를 들었다

오전 10시쯤 해가 퍼져 오후 2시 27분에 뒷산으로 넘어가는 겨울

밤엔 해보다 밝은 달이 뜨고 별들이 흩뿌려놓은 듯 흘러가는,

눈이 내리면 굴을 파서 이웃집에 마실을 가던

모든 노래가 한낮 그늘인

지금은 사라져 다시는 볼 수도 들을 수도 없는

- 시집 『서울은 왜 이렇게 추운겨』(문학동네, 2018) 수록

또한 시 「수분국민학교」는 "국민학교 입학식을 교실에서 했다. 교장 훈화가 너무 길어서 오줌을 쌌다. 오줌을 싼 녀석은 나 한 사람이었다"(「부끄러움에 대하여」) 등 산문집 속 여기저기 흩어져 있는 관련 이야기들을 모아 만든 시로 다가온다. 이들 장면을 가만히 들여다보고 그 차이를 헤아리다보면, 이제 시인이 옛 과거 속의 기억들을 수집하는 것은 그런 귀향의 작업이 바로 작가 자신의 구제이기도 하기 때문이다. 아마도 그 점에서 또 기억의 마

법을 즐기는 것도 같다. 프로이트가 말했듯이 기억에 저장된 자료들이 실제로 일어난 일들과 반드시 같지는 않다. 시인은 오랫동안 망각되어 있다가 기억에 떠오르는 자료들을 기록한다. 중요한 것은 그러므로 실제 일어난 일들로서의 자료들이 아니라 기억된 자료들이면서 그 자료들을 기억하는 과정의 순진함과 순수함이다.

문학적 연륜과 함께 어떤 자재로움이 이제 유용주의 미학에 천진성으로 자리잡았다는 뜻이기도 하다. 좀 더 정확하게 말하면 경험과 기억은 유용주의 현재, 그리고 이후의 글에서 중요한 사유 모티프로서 지속적으로 자기 삶의 변증법을 구사할 것 같다는 예감이다.

5

유용주의 글맛은 뭐니뭐니해도 사람 사랑에 있음이 이번의 산문집에서도 여실하다. 작고하신 박경리, 박상륭 등 가신 이의 발자취를 따뜻하게 우러르는 글에서부터 시월항쟁과 더불어사는 영천의 농부 시인 이중기, 그리고 미묘한 애증으로 얽힌 익명의 선배 시인들 등 문단에서 만난 선후배에 대한 사랑 고백과 애증의 솔직한 토로도 신실하지만, 귀향 후 다시 만난 '수분초등학교' 불알친구들의 이야기도 살갑다.

문단 선후배에 대한 인물평은 워낙 정평이 있는 터라 이번에도 매우 인상적이다. 더구나 이번에는 익명으로 쓰여진 인물과의 일화 속에 나름대로 아픈 사연이 담겨 있어 더 특별하다. 이를테면 일식집 주방에서 일을 하며 시인이 되고 싶어 신문 평생교육원 시 실기 지도반에서 선생과 제자로 만난 J 선생 이야기는 알 만한 사람은 다 아는 이야기일 것이다.

등단 직전 호된 문단살이를 겪게 했던 애증이 교차하는 'J 선생'의 부고를 접하고, 그래도 "항상 후회와 반성은 늦고 현실은 냉정하다. 땅을 치고 울어본들, J 선생은 돌아오지 않는다. 눈물이 말라 울 힘도 없다. 태어나면 언젠가는 반드시 죽는다. 그래도 쓸쓸하구나. 언제 J 선생이 묻힌, 선산에 한번 가봐야겠다"(「스승 생각」)며 마음을 추스르는 시인의 목소리가 애잔하다.

이번 산문집을 대표하는 손꼽히는 글이자 바늘에 찔

린 듯 애린 글로 기억될 것이다. 물론 이 글이 좋은 것은 상대적으로 호흡이 길고 그 속에서 역시 이야기꾼 유용주의 여러 일화를 얽는 솜씨가 마찬가지로 잘 발휘되어서 그렇다. 또한 그의 진정한 스승 목수 '김인권'과 비교되니 더욱 그렇다. 그는 "평생을 막노동판에서 일하다 결국/ 그 무대에서 스러진"(시 「스승 김인권」) 김인권이란 목수로부터 거푸집 짓는 법, 수평과 수직을 정확하게 보는 법, 해체 작업을 쉽게 하는 법 등등의 건축현장에서 필요한 여러 가지 기량을 배우고 닦으며 무엇보다 삶을 배웠다. 마치 유용주처럼 초급학교를 3년 다니다가 가난으로 중퇴하였으며 돈벌이를 위해 구두수선공, 제도사, 짐꾼 등 다양한 직업을 전전한 막심 고리키에게 퇴직사관이 그러하듯이. 고리키는 12세가 되었을 때 집을 나와 살면서 각지를 방랑하며 떠돌이로 지냈다. 우연히 볼가강을 운항하는 화물선의 식당에 취업하여 주방 일을 하게 되었다. 그곳에서 같이 식당에서 일하는 퇴직한 사관출신의 요리사를 만나는데 그에게 많은 영향을 받았으며 후일 고리키는 그 퇴직사관이 자신의 첫번째 스승이라고 고백했다.

그런데 읽다보면 유용주란 시인이 어떤 사람의 행동이나 모습 등에서 한번 꽂히면 정신없이 상대방에 빠지는 유형이구나 하는 생각이 든다. 이를테면 "누구들처럼 언론에 얼굴을 자주 내밀지 않고 시체실 청소부로 일하면서 모국어로 소설을 썼다"(「가신 이의 발자취」)와 같은 부분에서 잘 드러난다.

말 그대로 걸쭉한 토종 진국이다. 그에게는 끈적끈적한 점액성 공감대가 있다. 날콩을 삶아 띄운 메주콩처럼 발효된 메주콩에서 끈적끈적한 점액성의 실낱이 나와 서로 엉키어 떨어지지 않는 메주콩 같은 공동체, 발 딛는 곳마다 사람 냄새 나는 작은 공동체를 일구는 멋진 사내, 이번의 글밭에서도 시인은 그렇게 서 있다.

여기까지 오느라 고생 많았다

2019년 3월 4일 1판 2쇄 펴냄

지은이 유용주

펴낸이 김성규

편집 김은경, 조혜주

디자인 진다솜

펴낸곳 걷는사람

주소 서울시 마포구 월드컵로 16길 51 서교자이빌 304호

전화 02 323 2602

팩스 02 323 2603

등록 2016년 11월 18일 제25100-2016-000083호

ISBN 979-11-89128-14-2 04800
ISBN 979-11-89128-13-5 (세트) 04800